ESCENARIOS para el FIN del MUNDO

RELATOS REUNIDOS

ESCENARIOS para el FIN del MUNDO

RELATOS REUNIDOS

BERNARDO FERNÁNDEZ
BEF

OCEANO exprés

ESCENARIOS PARA EL FIN DEL MUNDO
Relatos reunidos

© 2015, Bernardo Fernández, *Bef*
c/o Schavelzon Graham Agencia Literaria
www.schavelzongraham.com

Diseño de portada: Éramos tantos

D. R. © 2018, Editorial Océano de México, S.A. de C.V.
Homero 1500 - 402, Col. Polanco
Miguel Hidalgo, 11560, Ciudad de México
info@oceano.com.mx

Primera edición en Océano exprés: mayo, 2018

ISBN: 978-607-527-606-9

Impreso en México / Printed in Mexico

Para María. A tu lado, este futuro es mucho más luminoso

Preámbulo

Siete escenarios para el fin del mundo y un final final

> *¿Pasará el tiempo cuando no queden manos humanas que den cuerda a los relojes?*
>
> Howard Koch

1

EL EFECTO INVERNADERO PRODUCE CAMBIOS CLImáticos importantes. Paulatinamente las temperaturas veraniegas comienzan a elevarse año tras año, mientras que los inviernos son cada vez más tibios. Los climas tropicales difunden su influencia alrededor de la línea del Ecuador. El agujero de la ozonosfera se ensancha, dando paso a peligrosas radiaciones solares que causan cáncer cutáneo. Pronto, la exposición al sol produce quemaduras de segundo y tercer grados. Las cosechas son arrasadas por el calor, las zonas rurales arden. Las ciudades pequeñas perecen mientras que en las grandes metrópolis la gente intenta refugiarse en alcantarillas, en túneles del metro y en sótanos. Sólo quedan las comidas enlatadas, que primero se convierten en moneda corriente, después en preciados bienes por los que la gente mata. Cuando las reservas enlatadas se agotan, comienza el canibalismo entre los humanos. Las nulas condiciones sanitarias acaban con los sobrevivientes subterráneos. El planeta queda a disposición de las cucarachas, que se alimentan de los escasos restos orgánicos. Mueren cuando el calor evapora toda el agua del planeta.

2

Una pequeña mutación, el cambio de posición de un par de genes del virus del sida, permite que éste sea transmitido por los piquetes de mosquitos. La comunidad científica tarda varios meses en percatarse de esta forma de contagio. Para cuando se dan cuenta, la epidemia se ha extendido exponencialmente. Las regiones más afectadas son los trópicos, pero en poco tiempo no hay zona libre de mosquitos portadores. El número de enfermos rebasa por millones de veces la capacidad de los hospitales. Un simple catarro deja ciudades enteras sembradas de cadáveres. Las fronteras se cierran. En los países industrializados se desata una paranoia que lleva a la gente a vestir trajes de látex. Para entonces ya es tarde: el virus es transmisible a través de la saliva y el sudor.

3

UN METEORITO CHOCA CONTRA LA TIERRA bla bla bla
el impacto es superior a varias detonaciones nucleares bla
bla bla grandes regiones son borradas del mapa bla bla bla
una nube de polvo cubre al planeta bla bla bla la vida vege-
tal desaparece bla bla bla los humanos se extinguen bla bla
bla sólo quedan organismos pequeños bla bla bla después
de millones de años una nueva especie domina la Tierra
bla bla bla los humanos nos convertimos en dinosaurios
para los conejos.

4

EL CHOQUE DE PLACAS TECTÓNICAS DESATA TERREMOTOS,
erupciones volcánicas y maremotos. Grandes extensiones
de tierra firme se hunden mientras territorios previamente submarinos salen a la superficie. Hawái, Japón y las Filipinas desaparecen. Las embarcaciones que se hallan en
altamar son tragadas por la mar picada. El daño al ecosis-
tema es incalculable. Las muertes en las zonas volcánicas
se elevan a millones. Durante varios meses el cielo se tiñe
de rojo por las erupciones en cadena. Las faldas de los vol-
canes se transforman en lagos de lava, y las proximidades
quedan sepultadas bajo toneladas de ceniza. Terremotos de
más de nueve grados en la escala de Richter azotan las zonas sísmicas del planeta, reduciendo a escombros ciudades
enteras. El calentamiento del aire provoca torbellinos y ci-
clones devastadores. Escasean el agua y los alimentos. La
humanidad regresa a una virtual edad de piedra.

5

Un desgaste climático licua los polos. El mar eleva su nivel quince metros. Desaparecen las ciudades costeras. El consecuente aumento de la temperatura oceánica mata a ochenta por ciento de sus habitantes. Sus cadáveres convierten el mar en una sopa putrefacta que envenena los grandes lagos y los mantos acuíferos continentales. La sed arrasa con noventa por ciento de la población humana. Algunos sobrevivientes, refugiados en instalaciones militares o búnkers especiales, se sientan a ver cómo se agotan sus reservas de agua dulce, lo que determina su tiempo de vida. Mientras los pocos seres humanos que quedan vivos beben sus orines y pelean por el agua, los restos de la masa continental se convierten en una gran selva en la que el sol jamás se pone. Sólo algunas especies de lagartos e insectos atestiguan la desaparición de los hombres para después desaparecer también. El planeta ha regresado a un periodo similar al Precámbrico. La forma de vida dominante son las bacterias, que llenan los mares. Quizá nuevas formas de vida inteligente puedan evolucionar a partir de esta sopa primigenia. Quizá no.

6

Un renacimiento del nacionalismo radical se apodera del este de Europa y la Confederación de Repúblicas Independientes. Se inicia una serie de guerras intestinas. Mientras tanto, en América, los separatistas canadienses del Quebec declaran la guerra a la Commonwealth, empezando

una sangrienta campaña terrorista contra los anglocana-
dienses. En el norte de África se desatan revoluciones pro-
vocadas por el hambre. América del Sur no se sustrae al
frenesí belicoso: Perú y Ecuador comienzan una sangrienta conflagración territorial. Argentina invade una vez más
las Islas Malvinas. Inglaterra, apoyada por la OTAN y la
Unión Europea, responde a la agresión. Brasil respalda a
Argentina. El fuego cruza el Atlántico. En Colombia, Ve-
nezuela y México movimientos guerrilleros locales buscan
destituir a sus respectivos gobiernos, acusados de ilegíti-
mos y asesinos. Estados Unidos se mantiene al margen de
todos los conflictos debido a que el derrumbe bursátil radi-
caliza los movimientos negro y latino, que se organizan en
células terroristas que atacan sistemáticamente a las co-
munidades blancas. Cuando Pakistán invade la India, ésta
responde con fuego nuclear. El viejo sistema satelital *Guerra de las galaxias* detecta la agresión e inicia, como se le
programó, un ataque a Rusia, cuyos sistemas de defensa
corresponden al ataque automáticamente. En unas horas
la cultura humana queda reducida a cenizas humeantes.
Sólo sobreviven seis astronautas que ven arder la Tierra
desde la estación espacial *Mir*.

7

ESPORAS ESPACIALES CAEN A LA TIERRA DISFRAZADAS
de una inocente lluvia de estrellas. Se trata de hongos inteligentes que sin tardanza comienzan a parasitar cuanto
organismo humano encuentran. Su aspecto es el de una
desagradable enfermedad cutánea similar a la lepra, que

levanta ámpulas verdes, las cuales, al reventar, despiden un olor nauseabundo. Por más que se busca la manera de erradicar a los invasores, sólo se encuentra la amputación de la zona afectada. Pronto se descubre que los hongos desarrollan sociedades complejas sobre la piel de sus huéspedes. Hay quien afirma haberlos oído cantar. Los parásitos aprenden pronto a alimentarse de otros organismos y caen sobre todo tipo de seres vivientes. En poco tiempo no queda ser vivo que no sea atacado por la micosis cósmica. Los últimos humanos alcanzan a ver cómo los hongos, ante la escasez de material orgánico, se empiezan a alimentar con plástico, metal y concreto.

8

El Sol se convierte en una supernova.
La Tierra muere aullando.

I

Las últimas horas de los últimos días

Earth died screaming…
Tom Waits

L A GASOLINA SE ACABÓ APENAS PASAMOS LA ESQUINA de Reforma y Bucareli. La moto pareció tener un ataque de tos y luego se apagó. Nada más. Wok mentó madres, intentó volverla a arrancar como si estuviera descompuesta; la pateó furioso, negándose a aceptar que se había terminado nuestro boleto.

—Pinche Aída, ¿de qué te ríes? –me dijo, mitad enojado, mitad divertido. Yo siempre me estoy riendo.

Dejamos la moto a los pies del *Caballito* de Sebastián. Antes era una escultura amarillo brillante; ahora es una mole herrumbrosa que obstruye Reforma, como casi todas las demás estatuas que habíamos estado jugando a esquivar desde que nos encontramos la moto.

Sin decir palabra, Wok trepó por el cadáver del monumento. Buscó desde arriba algún otro auto o vehículo que pudiéramos robarnos. U ordeñarle gasolina.

—Nada –murmuró desde su puesto de vigía.

A lo lejos se oían algunas explosiones, ya muy pocas.

—A caminar, mi reina –me dijo al bajar.

Llevábamos las patinetas colgadas entre los tirantes de las mochilas, y dentro de éstas, todo lo que nos quedaba de antes del colapso. No era mucho ni muy pesado, pero íbamos a extrañar la moto.

Teníamos unas dos horas de luz. Buscamos entre los edificios alguno que no se viera muy dañado. Los mejores ya estaban ocupados. Finalmente encontramos un hotel que parecía seguro.

Dentro estaba arrasado. Las alfombras y el tapiz habían sido arrancados, no sé si como vandalismo o rapiña. Como siempre, nadie había subido a los pisos superiores por flojera de las escaleras. Wok y yo no hablamos, temiendo que hubiera alguien más. Al final, el edificio resultó estar vacío.

Encontramos cuartos intactos en los últimos pisos.

—Qué raro –dijo Wok.

Ocupamos una habitación que daba a la calle. Ya había anochecido. Todo estaba oscuro, ni siquiera se veían las fogatas que a veces brillaban en los edificios.

Nos sentimos muy solos.

Descubrí que había agua caliente corriendo por la tubería. No lo pensé y tomé un baño. Hacía mucho que no me daba ese lujo. Wok se me unió al poco tiempo, después de atrancar la puerta. Yo tallaba su espalda tatuada mientras él jugaba con los anillos de mis pezones. Pensábamos que el agua se terminaría en poco tiempo. No fue así. Cuando eyaculó entre mis manos enjabonadas el chorro seguía cayendo.

—No lo entiendo –dijo mientras nos secábamos con las toallas que encontramos–, aquí todo está tan… bien.

Yo me reí.

—Eres un bobito paranoico. Gózalo y ya.

—Es que no es normal. Si yo hubiera estado aquí desde el principio, no me iría. Lo defendería.

—A la mejor se cansaron de esperar el Chingadazo. Como todo el mundo.

Wok no contestó. Nos quedamos viendo por la ventana hacia la oscuridad que nos ofrecía Reforma. Luego nos dormimos.

El llanto de Wok me despertó. Se revolvía entre las sábanas, las primeras sábanas limpias en las que habíamos dormido en semanas. Su sueño, como siempre, era intranquilo. Al final se levantó gritando. Estaba cubierto de sudor.

—Calma. Todo bien —dije.

—Es… la pesadilla. La puta pesadilla.

—Eso pensé.

Hundió su rostro entre mis rodillas, sollozando. Murmuraba algo que no podía entender.

—¿Qué?

—El Chingadazo. Ya viene. Está cerca, lo puedo sentir.

Me reí.

—No es chistoso, Aída. Ahora sí ya valió madres. Se acabó el mundo.

Volví a reír. Dije:

—Se ha estado acabando hace meses. Y no pasa nada. No tendría por qué pasar ahora mismo.

La pesadilla había empezado a atormentar en masa a los niños pequeños. Decían sentir el dolor de millones de personas a punto de morir, aunque eran incapaces de recordar ninguna imagen. Después lo empezaron a soñar más personas: adolescentes, ancianos. Pronto se convirtió en una señal más de la llegada del fin. Yo no recordaba haberlo soñado. Nunca recuerdo mis sueños.

Abracé a Wok, que se acurrucó en mis brazos. En poco tiempo volvió a quedarse dormido.

Nos despertó el ruido de una procesión que marchaba hacia el norte por Reforma. Me imagino que irían hacia el cerro del Tepeyac. Desde que se supo lo del meteorito, la Villa se había convertido en el destino obligado de los miles de sectas surgidos ante la desesperación del final.

Cuidando no ser vistos, nos asomamos a la ventana para verlos pasar. Eran miles, todos sufrían las consecuencias de una larga peregrinación. Sentí pena por ellos. Wok los observaba en silencio.

Al frente, cuatro sujetos llevaban cargando un trono en el que su profeta hablaba por un altavoz recogido de la basura. Lo reconocí inmediatamente, era Rodrigo D'Alba, un presentador de espectáculos de la televisión. Ahora vestía una túnica. Se había dejado crecer el cabello pero era inconfundible.

—Uno más que resuelve su vida –dijo Wok, quedito. Muchos actores y cantantes habían creado sectas así. Cuando el último de la caravana salió de nuestro ángulo de visión, Wok se levantó para decir:

—Bueno, vamos a buscar algo para desayunar.

Encontramos que en la cocina del hotel había una despensa bastante bien surtida, lo que aumentó la paranoia de Wok («Todo está demasiado bien, demasiado bien, carajo», repetía como un mantra). A mí sólo me dio hambre. Al final cocinó unos huevos foo-yong con camarones. Wok es medio chino, y cuando hay con qué cocina muy bien.

Comimos en silencio; él, temiendo que el olor atrajera a alguien indeseable. Estábamos hambrientos. Cuando acabamos, salimos para recuperar la moto. Lo que quedara de ella.

Afuera todo se sentía muy tranquilo; ya no se oían explosiones. Todos pensaban que la ciudad abandonada se convertiría en un campo de batalla. En realidad fue peor.

Ahora parecía que todo el mundo se cuidaba de no toparse con nadie. Con bastante éxito.

No quedaba nada de la moto. Algunos chatarreros debieron levantarla por la noche. Había sido bonito mientras duró.

Wok volteó hacia el cielo. En lo alto, el meteorito se veía como un puntito brillante, apenas del tamaño de un pixel. Nadie se imaginaría que iba a acabar con nuestro planeta.

—¿Crees que el Chingadazo tarde mucho todavía?

—No sé. Supuestamente deberíamos estar muertos.

—¿Cómo sabes?

Abrí una de las bolsas de mi mochila para mostrarle mi reloj de cuarzo. Lo tenía desde antes de que todo se derrumbara. Gracias al reloj no había perdido la noción de los días, como casi todos los demás. Con un poco de suerte la pila duraría hasta el impacto. Quizás un poco más.

—Ya tendría que haber sucedido –le informé–; algo falló. Hace dos semanas que estamos viviendo tiempo extra.

Wok no contestó. Abandonamos el lugar.

Sobre Reforma encontramos un hombre mayor vestido de traje en la parada del camión. Parecía ir desarmado, aunque nunca se sabía. Wok sacó su navaja de resorte; yo, mis chacos. Nos acercamos.

—Buenas –saludó Wok.

—Buenas tardes –contestó el hombre. Era un anciano.

Su ropa era vieja; aunque parecía bastante usada, iba impecable, con la camisa planchada y la corbata perfectamente anudada.

—¿Espera a alguien? –pregunté, por romper el silencio.

—No, señorita, sucede que no pasa mi camión.

Wok se rio. A mí, por primera vez en mucho tiempo, la situación no me pareció chistosa.

—¿Está loco? No ha pasado un solo camión hace meses. No va a pasar.

El hombre encaró a mi novio con total seriedad.

—Jovencito, eso no es pretexto.

—¡…!

—Pretexto… ¿para qué? –pregunté.

—Para no ir a trabajar, por supuesto.

Nos quedamos mudos. El hombre nos observaba como si los que estuvieran locos fuéramos nosotros.

—Señor, el mundo se está acabando…

—Mire, joven, éste es un país de instituciones. Si el camión no pasa en cinco minutos, me voy caminando, como todos los días. Punto. No vamos a permitir que nos rebasen estas cosas. Los mexicanos somos más grandes que cualquier desgracia. Ya lo vivimos en el temblor del 85.

No sabía qué decir. La sonrisa había desaparecido de la cara de Wok.

Sólo atinamos a esperar junto con el hombre.

Cinco minutos esperando un camión que nunca iba a llegar.

—Bien, esto no tiene para cuándo. Me voy caminando. Con permiso.

Lo vimos alejarse, confundidos, hasta que se perdió entre los escombros, camino al Centro.

Sin cruzar palabra, echamos a andar hacia el norte.

En el cielo, el meteorito había crecido. Se veía más grande que el sol.

Decidimos patinar. Evitamos hacerlo muy seguido para no gastar las llantas, pero no había moto y seguramente no encontraríamos nada parecido. La ocasión lo ameritaba.

El silencio era casi estruendoso. Recorrimos un largo trecho sin cruzar palabra. El único sonido ambiental parecía ser el de nuestras patinetas. A medida que avanzábamos, el paisaje –formado por edificios en ruinas y chatarra– parecía repetirse cíclicamente, como la escenografía de una vieja caricatura de Scooby-Doo.

Después de mucho rato llegamos a la zona boscosa. Los troncos resecos que quedaban de ella.

Pasamos por una estatua que no había sido derribada. Estaba llena de grafiti.

—Espera –dijo Wok. Nos detuvimos.

—Un héroe nacional –dije.

—No, éste era candidato a presidente, pero lo mataron.

—¿Y no es mérito suficiente?

—Supongo que sí. No hay mejor presidente que uno muerto. Ha sido el mejor de este país.

Nos reímos. Wok sacó de su mochila la última lata de spray que le quedaba. La agitó y pintó sobre la placa: ME VALE MADRE.

—Qué chistoso –dije cuando terminó.

—¿Qué?

—El futuro siempre parece mejor cuando no sucede. Como este tipo, que tiene una estatua por algo que no llegó a ser.

—Cualquier futuro es mejor que el nuestro. Y sí va a suceder.

Se refería al meteorito.

—Claro que no. ¿Te hubiera gustado crecer, quedarte pelón, convertirte en un ruco, decirles a los chavos que la música de tu tiempo era mejor?

—¡Yo no hubiera hecho eso!

—Claro que sí. Todos lo hacen. Mis papás eran punks. Ve cómo acabaron: uniéndose desesperados a la peregrinación de Vicente Vargas en busca de la Tierra Prometida de Aztlán. Vargas ni siquiera cantaba rock, sino ranchero.

Wok no dijo nada.

—No vivirás tu propia decadencia, disfrútalo –me di la vuelta para seguir patinando. Wok se quedó pensando un momento, luego se me emparejó.

—Perra. Siempre tienes la razón.

La vida no es tan cruel como dice Wok. No puede serlo. Tampoco es como lo que venden los gurús de la superación personal. No es cebolla cruda ni pastel de cerezas.

Es agridulce como el amor. Dulce como el querer, agria como el dolor.

Pero a veces da sorpresas. Ahí, literalmente a la vuelta de la esquina, esperándote para brincar hacia ti diciendo: «Hola, por una vez lo que hay para ti es una sorpresa *agradable*».

Así fue encontrar el coche. Un modelo eléctrico, de esos

supercompactos de lujo, esperándonos al pie de la fuente de los petroleros, como si lo hubiéramos rentado por teléfono. Un Matsui del año, plateado.

Desde luego, Wok pensó que era una trampa. Al principio no se quiso acercar. Ahí nos quedamos largo rato, observando el auto, esperando a que sucediera algo, alguna desgracia amarga.

No pasó nada.

Cansada de esperar, me deslicé hacia el aparato.

—¡Aída! —gritó Wok, muerto de miedo.

Ya no sé lo que es el miedo. Lo que he visto acabó diluyendo esa palabra. Cuando el mundo se derrumba, no hay lugar para temores.

En el coche había restos de sangre seca. Hubo una lucha, perdida por el que manejaba el Matsui. Acaso era alguien rico que se refugiaba en el búnker de alguna mansión de las Lomas. Se le acabaría el agua, o la comida. Quizás intentó huir de la ciudad protegido por la noche. Mala idea. Una tribu caníbal le saldría al paso, de ésos a los que no les interesan las máquinas. Lo siento por el dueño del auto, pero seguramente alimentó a varios niños nómadas.

Wok se acercó al ver que no era una trampa. Comprobó que el auto funcionaba.

—Dejaron las luces prendidas. Debe tener la batería muy baja.

—Es mejor que patinar —dije, y le di un beso en la mejilla.

Arrancamos. Nunca me había subido a un auto de lujo.

Nos divertimos unos minutos esquivando obstáculos sobre el Periférico, pero la pila murió a los pocos minutos, apenas un poco adelante del Toreo. Wok logró volver a arrancar sin detenernos, pero cuando llegamos a las torres de Satélite el sistema se apagó definitivamente.

Dejamos el auto donde la inercia lo detuvo. Bajamos riéndonos como niños y tomados de la mano nos alejamos de ahí.

Los chatarreros nos lo iban a agradecer.

Pasamos el resto de la tarde como habíamos pasado el resto de las tardes desde que todo se vino abajo: buscando algo que no íbamos a encontrar porque no sabíamos qué era.

Nos dedicamos a patinar entre los restos de Plaza Satélite. El piso era liso y ya no había nómadas acampando en Liverpool. Decidimos pasar la noche en el departamento de muebles, aunque yo hubiera preferido el hotel de la noche anterior.

—No podemos desandar el camino. Para nosotros no existe ayer ni atrás –dijo Wok.

Sentí una tristeza inexplicable. No encontré motivos para reír más. Mi alegría comenzaba a secarse mientras los lagrimales se me humedecían, pero decidí ahogar mi pesar con las últimas risas que tenía guardadas. Con mi última reserva de alegría.

Seguíamos patinando cuando comenzó a oscurecer. Sin preludio, sentí algo frío deslizándose por mi espalda. Me detuve en seco. Wok se espantó.

—¿Qué sucede?

—Lo puedo sentir –dije. Él percibió la angustia en mi voz.

—¿Qué es? ¿Qué sientes?

Ahí estaba, era claro, no quedaba duda: una sensación helada que subía lentamente hasta mi cuello.

—¡Aída! ¿Qué sientes? ¡Me estás asustando!

Volteé hacia él. Una lágrima escapó de mis ojos bajando por la mejilla. Pensaba que había olvidado cómo llorar.

—Siento… el dolor de millones de personas a punto de morir.

El primer temblor llegó con la noche. Salimos corriendo al estacionamiento. Apenas tuvimos tiempo de tomar nuestras cosas, el centro comercial se derrumbó en medio de un rugido de metal torcido y concreto colapsándose.

Nunca vi morir a un elefante, pero me imagino que debió de ser algo parecido.

Soplaba un viento fuerte que en pocos minutos se llevó el polvo.

Nos quedamos agitados en el estacionamiento vacío. No parecía haber nadie en kilómetros. Sólo se escuchaba el aullido del aire tratando de ahogar el silencio. Sin decir nada, nos acostamos en el suelo.

—¿Ya se conocían tus papás en 1985? –preguntó Wok.

—Claro que no –contesté molesta–. Lo sabes bien.

—Ah.

—Mi mamá tenía siete años en 1985. Mi papá, trece –agregué en la oscuridad.

Wok contestó con un gruñido.

Un nuevo temblor sacudió el suelo.

—Tengo miedo –me dijo al oído.

Parecía como si el terreno se estuviera deslizando lentamente.

—Conque esto es el fin del mundo –dije suspirando.

Un pedrusco luminoso cruzó el cielo. Era una bola de

fuego del tamaño de una naranja que cayó a varios kilómetros de nosotros.

—It's better to burn out than to fade away –susurró él.

—Esa frase es de una película vieja.

—Pensé que era una canción. La murmuraba mi papá todos los domingos, con su cerveza, frente al televisor.

—También la decían mis papás. ¿Dónde estarán ahora?

Una nueva bola de fuego pasó por el cielo. Y luego otra.

—Seguro que rezando –dijo Wok.

Reímos.

—Te tengo una sorpresa –anuncié. Busqué en mi mochila a tientas. Era difícil sin una lámpara, pero finalmente los encontré y se los di.

—¿Unos lentes oscuros?

—Son Ray-Ban –dije mientras me ponía los míos–; siempre quisiste unos. Los encontré en el primer Sanborns en que dormimos.

—¿Los andas cargando desde entonces?

Más restos de meteorito rasgaron el cielo iluminándolo, furiosos.

—Sabía que los íbamos a necesitar. Acuérdate que pensaba estudiar astronomía. Ya me habían aceptado en la Facultad de Ciencias.

Empezó un nuevo temblor.

—Nunca acabé la prepa –su tono era repentinamente triste.

—No creo que sea importante. Sólo tienes diecinueve años.

—Ni uno más –repuso mientras el cielo se iluminaba de nuevo. Sonreía. Lucía guapísimo con sus lentes. Se acercó a besarme.

—Te amo… –alcancé a murmurar.

Luego, el estruendo del terremoto lo llenó todo.

Están entre nosotros

A *Héctor Chavarría Liu*

QUIEN PIENSE QUE LOS EXTRATERRESTRES NO existen es un estúpido.

«Por supuesto que existe la posibilidad de vida en otros planetas, nadie niega eso, pero de ahí a que vengan a visitarnos hay un gran salto cuántico», dirán los no creyentes con voz engolada, con ese maldito tono de *lo sé todo y tú eres un ignorante*. Idiotas, qué saben ellos.

Yo los he visto.

No me refiero sólo a máquinas voladoras con forma de puro o esferas metálicas flotando sobre bosques remotos. Hablo de que están entre nosotros, caminan sobre Insurgentes, hacen cola para comprar un boleto del metro o comen un hot dog afuera del cine Sonora.

No es fácil diferenciarlos de nosotros, para el ojo no entrenado son idénticos a los humanos pues han desarrollado sofisticadas técnicas de biomimetización. Sin embargo, un brillo frío en su mirada los delata. Es un destello cruel que no pueden ocultar en ningún lado, ni siquiera con lentes oscuros.

Hay que tener cuidado, porque los vampiros tienen una mirada similar y pueden confundirse fácilmente. Por eso no se debe buscar extraterrestres de noche. Para evitar problemas.

Además, atravesar con una estaca el corazón de un extraterrestre sólo lo enfurecería pero no le haría ni cosquillas. Recordemos que sus órganos internos son diferentes de los nuestros.

Volviendo a los no creyentes, tengo pruebas de que están comprados por el gobierno para esparcir entre la población la idea de que no hay seres de otro planeta visitando nuestra Tierra. Sé de buena fuente que muchos de ellos, sobre todo los que son periodistas, cobran mensualmente cheques emitidos por la Secretaría de Gobernación. ¿Puede haber prueba más contundente? (Me lo dijo un compañero que trabaja de conserje en un periódico, cuya identidad no revelaré.)

A continuación ofrezco varias pruebas sobre la conspiración de los periódicos para encubrir esta invasión silenciosa:

1957. Una oleada OVNI se desata sobre la ciudad de México. Las autoridades ignoran los reportes ciudadanos sobre avistamientos de naves en el cielo capitalino. Incidentalmente, el gran temblor que derribó la estatua del Ángel de la Independencia coincidió con la aparición de una nave ovoidal sobrevolando el barrio de Peralvillo. Los periódicos guardan silencio.

1963. La víspera del destape de Gustavo Díaz Ordaz como candidato a la presidencia de la República, una figura cilíndrica de color oscuro es vista flotando sobre las instalaciones del diario *Excélsior*. ¿Coincidencia?

1970. Durante la final de la Copa Mundial de Futbol entre

Brasil e Italia, un trío de discos plateados se pasea cínicamente sobre la zona norte de la ciudad. Sólo a un ama de casa se le ocurre voltear hacia el cielo. Su reporte llega a oídos sordos. ¿Era un experimento de los medios electrónicos para ver hasta dónde podían llegar las operaciones alienígenas con ayuda de la enajenación masiva?

¿Cree que es suficiente? Aún hay más.

1978. Una nave extraterrestre se estrella en la sierra de Puebla. Cientos de reportes dan fe de la existencia de alienígenas sobrevivientes. Se dice incluso que aprenden a jugar futbol para disfrazar sus malas intenciones ante los habitantes de la zona (eran bastante fauleros). Dos periodistas –oh, coincidencia– suben hasta la remota zona del choque para bajar con un trozo de metal fundido que hacen pasar por restos de un satélite ruso. El caso es cerrado.

1982. Objeto volador no identificado sobre el Palacio de Bellas Artes. Al día siguiente, el peso se devalúa. Los rotativos sólo se ocupan del segundo hecho.

Hasta aquí todo ha sido avistamientos, poco se sabe de las correrías de Ellos por nuestro planeta. Prepárese para más sorpresas.

1984. Manuel Buendía es asesinado. El motivo: tenía pruebas de la conspiración extraterrestre que estaba dispuesto a publicar. Un alienígena pequeño de grandes ojos es visto caminando a unas cuantas cuadras del lugar de los hechos con un arma humeante en las manos. Nadie toma en serio el reporte porque el testigo es un pordiosero excéntrico de la Zona Rosa.

1985. Decenas de edificios se vienen abajo a causa del gran terremoto. Entre los escombros del Hotel Regis (concretamente en lo que quedó de La Taberna del Greco) aparecen, junto a cadáveres humanos, restos de seres extraterrestres (ya se sabe, baja estatura, grandes ojos). El ejército recupera los cuerpos para hacerlos perdedizos. Se rumora que hasta la fecha se conservan en instalaciones subterráneas del Campo Marte (más coincidencias).

1986. Durante la Copa Mundial de Futbol, un grupo de presuntos *hooligans* ingleses es detenido por provocar disturbios tras el primer juego de la selección inglesa. La prensa calla que todos son liberados a las pocas horas de aprehendidos. Se trataba de extraterrestres probando sus primeros prototipos de trajes biomiméticos. El experimento es considerado un éxito.

A partir de ese momento, salieron a las calles disfrazados de nosotros. Comenzaron a infiltrarse en cada sector de la sociedad. Chavos banda, albañiles, profesionistas, militantes de izquierda, obispos, porristas, edecanes, trapecistas, artesanos… Pronto no hubo sector sin ser invadido.

Comen, duermen, leen, copulan, sirven café, juegan póker, se cortan el cabello, compran billetes de lotería y venden muñecos de peluche a tres pagos quincenales frente a nosotros. En no pocas ocasiones, *con* nosotros.

Desde los años ochenta están aquí, observando, esperando el momento de tomar por completo el poder. Se han apoderado de los medios de comunicación. Sólo les resta dar el golpe final. Esta amenaza no es ajena a las altas esferas del poder militar, que han pactado una alianza con los extraterrestres. El gobierno civil es tan sólo una pantalla. Pero todavía falta más.

1988. El presidente electo Salinas descubre el complot. Intenta combatirlos, pero los alienígenas le colocan a un extraterrestre disfrazado de asesor francés para vigilarlo y controlarlo. Por ello, cuando acabó su mandato, cayó en la desgracia, en el repudio popular: toda una campaña de los medios orquestada contra Salinas por… adivinaron, los periodistas.

1994. Luis Donaldo Colosio se entera a tiempo. Manda a Lomas Taurinas a un clon suyo que muere a manos de un pistolero extraterrestre. El candidato aprovecha para cruzar la frontera hacia San Diego y volar al norte de Canadá, donde continúa escondido.

Hay evidencias suficientes sobre la sutil invasión. Periodistas y militares, extraterrestres y terrícolas están metidos hasta el cuello. Esta conspiración aún puede ser detenida por los valerosos hombres libres de conciencia que quedan en este planeta. Ellos no podrán tomar el control de nuestras voluntades. Aún es tiempo de pelear. A continuación, ofrezco las guías para poder distinguir un extraterrestre de un ser humano (siempre que sea de día), así como la manera de eliminarlo en el acto.

—He leído suficiente –dijo el general, apretando con furia el panfleto mimeografiado que sostenía entre sus manos–. ¿Dónde dice que se lo dieron?

—Caminaba sobre la calle de Uruguay, camino al Eje Central. El que los repartía era un anciano andrajoso –contestó el reportero, cuando las miradas se concentraron en él. Los sótanos del Campo Marte siempre lo ponían nervioso.

—¿Era alto o bajo? –preguntó un coronel.

—Bastante alto, moreno, de barba larga.

—Chingada madre –el general golpeó la mesa–. Debe ser Cano. Pensé que lo habíamos eliminado.

—A mí lo que me angustia es de dónde sacó toda la información —intervino el dueño de la televisora.

La voz metálica de la criatura insectoide intervino:

—Inicien de inmediato su eliminación.

Los seis humanos que compartían con el extraterrestre la sala de juntas voltearon a verlo, quizá buscando algo que delatara alguna emoción en su rostro de quitina azul. Pero los cuatro racimos de ojos compuestos y las antenas vibrantes no mostraban ningún sentimiento. Una máscara incompatible con el lenguaje corporal humano.

—De inmediato —repitió el alienígena, sin que el sintetizador, que convertía su lenguaje feromonal en sonidos, imprimiera a las palabras ninguna entonación. Era diferente a los pequeños seres de grandes ojos, su rango estaba muy por arriba.

La junta se dio por terminada. Se ordenó exterminar a Cano y a su grupo de resistencia. Investigar quién imprimía los folletos. Rastrear la fuga de información. Todo lo que venía en el panfleto, cada palabra, era verdad. No obstante, casi todos los militares se sentían tranquilos. ¿Quién le creería a un mendigo loco que reparte volantes por las calles?

El único incómodo era el general.

Cano era un tipo inteligente, tenaz. Exprofesor universitario que accidentalmente descubrió la conspiración. Se había escabullido un par de veces, pero no era un superhéroe. Estaba viejo. Acabaría cayendo.

Sólo una duda le quedaba al militar: ¿de dónde había sacado Cano la información sobre los vampiros?

Se suponía que eso sí era ultrasecreto.

CERO TOLERANCIA

A Pepe Rojo, en franco homenaje

«LO QUE LE HACE FALTA AL ATLANTE, PINCHE Octavio, es un buen delantero. Con eso se van para arriba», dice Jasiel. Yo no lo pelo mucho. Llevamos quince minutos detenidos en la estación de Chabacano. Hace calor pero los ventiladores no están encendidos. Todo este tiempo me la he pasado viendo por la ventana un grupo de hare krishnas baile y baile en el andén del metro.

«Y claro, que el pinche director técnico se deje de pendejadas y le entre al juego ofensivo. ¿Qué son esas mariconadas del fair play? Eso está bien para la liga europea, o con los gringos, pero aquí se juega a madrazos…»

Un grupo antimotines baja al andén y lanza sus macanas y escudos de acrílico contra los krishnas. Éstos no se resisten, y en poco tiempo están bañados en sangre. Un sujeto que quedó entre la policía y los danzantes es el único que intenta escapar, sin éxito.

«Aposté con el Martín sobre quién quedaba campeón de la liguilla. Vas a ver, el pinche América nos la va a pelar. Voy a reírme en su jeta cuando le cobre los cien varos.»

Suena la señal y las puertas del metro se cierran de golpe. Una viejita se queda con un brazo atorado. Empezamos a avanzar, y aunque la señora jala la palanca de alarma, el convoy no se detiene. Sus gritos incomodan al resto de los pasajeros, pero nada más.

«Claro que traen un montón de africanos, y esos hijos de la chingada corren como su puta madre. No los paras, cabrón, no los paras.»

Toda la calzada de Tlalpan está paralizada por una marcha. Fue mejor venirnos por aquí que en el pesero. Además, hay menos chance de que explote el metro. Aunque el otro día hubo un atentado en Indios Verdes. O algo así oí. O leí. De lo que estoy seguro es que no lo vi en la tele.

En San Antonio Abad la viejita se arrastra fuera del vagón, intentando que no la aplasten los que van entrando. Creo que se lastimó.

El metro vuelve a avanzar, pero cuando entramos al túnel para de nuevo, se va la luz y a una señora gorda le da un ataque de histeria. «Está temblando, está temblando», grita, pero todos fingimos no oírla. Alguien le suelta un madrazo que la manda al suelo. Jasiel sigue con su análisis:

«Pero esa llegada en el minuto veintisiete no tuvo madre; si se nos peló el gol fue por una mamada del árbitro.»

En Pino Suárez nos tenemos que comprimir aún más. Empleados del metro empujan a la gente para que quepa. Las puertas se cierran, y parece que esta vez nadie quedó atorado. Todos van en silencio, excepto Jasiel. Cuando llegamos al Zócalo, tenemos que abrirnos paso a empujones. Nuestras pulseras con clavos son bastante útiles.

«Ora, pendejo, no empuj...», dice un tipo. No alcanza a

terminar la frase porque mi amigo le florea el hocico con su bóxer.

Logramos salir casi ilesos, sólo con unos cuantos raspones. En la puerta del metro hay detectores de metales para los que van entrando. Hace tiempo Jasiel y yo descubrimos que casi siempre están apagados.

Hay soldados por todo el Zócalo. También granaderos. Por arriba pasan zumbando los helicópteros. Cada día parece que vuelan más bajo. Se oyen explosiones a lo lejos, pero la gente está acostumbrada.

A los pies de la bandera hay varios campamentos de indígenas. Algunos ya llevan varios años instalados ahí, como los que están protestando desde que lanzaron las armas químicas en Chiapas. Otros llevan poco tiempo. A los lados hay sanitarios de fibra de vidrio, pero nunca les dan mantenimiento. Por eso huele a mierda.

Unos policías intentan borrar un grafiti que dice «Fox asesino». Me imagino que habrán agarrado al que lo pintó, porque hay una gran mancha de sangre fresca en el suelo.

Algunos hippies ofrecen artesanías en las puertas de la catedral. Pero cada que se acerca la montada tienen que levantar sus puestos, si no quieren que les pasen encima. A veces, por diversión, los soldados los golpean hasta dejarlos tirados. Lo bueno es que nosotros andamos rapados. Si no fuera por la ropa, nos confundiríamos con los sardos. Además de que no te pueden agandallar de la greña.

Desde que la están reparando, la Catedral está rodeada por un exoesqueleto metálico para evitar que se caiga. No creo que sirva. No por mucho tiempo.

Caminamos hacia Santo Domingo en medio de los empujones de la multitud.

«El problema de la selección es que un equipo de puras estrellas no puede funcionar bien, siempre va a haber un individualista que se quiera llevar la gloria. Y eso no es un equipo. Eso sí, cuando juega, se atascan los estadios.»

«En la madre», pienso al ver venir a cuatro chavos de la brigada juvenil. Jasiel agarra la onda y se calla. Bajamos la mirada y caminamos como si nada. Uno de ellos se me queda viendo. Debe de ser el líder. Tiene cuando mucho diecisiete años, dos más que yo. Trae lentes oscuros, como sus compañeros, pero se ve más siniestro. Hasta el lema de la brigada, «Cero tolerancia», se ve más amenazador en su camiseta que en las de los demás.

El tipo olisquea en el aire, pero no nos detiene. Seguimos de frente, tratando de aparentar que no nos tiemblan las piernas. Si nos hubieran registrado, nos chingan. Pero afortunadamente, a diferencia de la coca, las pastas no huelen. Por eso no las detectaron.

«Pero el pinche Hernández es un güey muy puerco. Por eso se la pasa expulsado el ojete…», reanuda Jasiel, intentando romper la tensión.

En la plaza de Santo Domingo varios chavos practican con sus patinetas. De lejos, algunos policías los miran como esperando que haya problemas para irse a los madrazos. Sólo por curiosidad busco a alguien que esté conectando mota o aceite, pero por supuesto no hay nadie. No son pendejos, con eso de que ahora hay pena de muerte, no hay quien se arriesgue.

«Aquí es», informa Jasiel después de varias cuadras. Entramos por la puerta de una vecindad y subimos por unas escaleras chuecas. No es broma esto de que se está hundiendo el Centro. En el número catorce tocamos.

«¿Quién?», pregunta alguien desde dentro. «Jasiel y Octavio», contesto.

La puerta se entreabre, dejando escapar música. Se asoma el rostro del Espáiderman. Anda muy pasado, pero nos reconoce. Quita la cadena y nos deja entrar.

«Quióbole, carnalitos, ¿qué transa?», saluda mientras cierra. En la mano trae una pistola Taurus P-38, supongo que por seguridad. Aunque en caso de redada no le serviría de nada.

Adentro hay reventón en pleno. El Chiligüili es el dueño del depa, y al vernos nos recibe con una sonrisa.

«¿Qué hongo, ésos? Pásenle a lo barrido. ¿Trajeron su itacate?», pregunta.

«Simón, güey», dice Jasiel, y saca de su backpack un frasquito con las pastas. Yo me guardo unas de reserva en los bolsillos.

«¿Tuvieron problemas para llegar? ¿No los siguieron?»

«Nel, sin pedos.»

«Órale. Pues bienvenidos, acomódense, acomódense.»

Conozco a casi todos. Algunos de la patineta, otros de la escuela –antes de que la cerrara el ejército– y la mayoría de la calle. Cuando somos tan pocos raros nos reconocemos donde sea. Algunos bailan, sobre todo las chavas, otros están tumbados. El departamento es grande, pero no hay muebles, sólo montones de cojines tirados en el suelo. En medio de la sala hay una bandeja con el itacate que trajimos todos: tripis, tacha, speed, aceite y montones de agua. Una vez que Jasiel y yo nos acomodamos en una esquina, nos ponemos nuestros aretes. Son de presión, por supuesto.

Hay un DJ mezclando música waste. Hace dos años, una de las primeras cosas que hizo el preciso al tomar posesión fue prohibir una serie de libros, discos y revistas. Eso convierte en delito esta fiesta. Como si no se supiera que los hijos de los políticos organizan raves en sus casas, que la mitad de los que van son guaruras, y la otra, narcos.

«Fíjate que la fractura del portero del Atlas sí estuvo cabrona. Nunca había visto que se saliera el hueso, Octavio, nomás a aquel árbitro alemán al que se le dejaron ir los hooligans en el mundial pasado. Claro, en la final Brasil-Argentina de la copa América, al defensa argentino lo desnucaron bien ojete...»

«Jasiel, cálmate, güey, cool down, no nos van a apañar», ya lo conozco, siempre que se pone nervioso empieza a hablar de lesiones, «aquí es seguro, el ruido está aislado de afuera, no va a haber pedo.»

El güey se tranquiliza. Alarga la mano y toma una tacha, pero duda y al final se decide por un aceite. Yo quiero aguantar un rato. Sólo espero que el Jasiel no agarre un mal viaje, como acostumbra.

Una chavita se distingue de las demás. Es una darketa que va de negro de pies a cabeza. Algo auténticamente retro. Hace años que nadie se viste así. Está prohibido. Es flaca, pálida y va peinada de hongo. Me gusta.

Dejo a Jasiel en su viaje y voy hacia la darky.

«¿No te paran en la calle por la ropa?», pregunto.

«No. Siempre me pongo un abrigo amarillo o algo muy brillante, para que no estén chingando.»

«Pero es difícil conseguir cosas negras, ¿no?»

«Siempre las puedes pintar.» Por primera vez sonríe. «Me llamo Dana.»

«Yo soy Octavio.»

«Octavio... Me gusta ese nombre.»

Estoy a punto de decirle que a mí me gustan las darkies, cuando la puerta estalla en pedazos.

«¡Redada!», grita Dana.

«¡Te veo al rato!», y corro.

Ya están dentro los de la brigada juvenil. Seguro nos siguieron sin que los viéramos. Traen equipo de asalto puesto y están disparando gases. En segundos todo se nubla, y millones de agujas calientes se cuelan por mi nariz. Busco una manera de salir de ahí, pero no la encuentro. Todos corren, algunos con tan mala suerte que se cruzan con las macanas de los policías. Veo al Espáiderman levantar su pistola y dispararle a uno de los marranos. Creo que le pegó, pero no alcanza a festejarlo: seis o siete tiras le caen a macanazos, y se alcanzan a oír sus gritos unos segundos, después sólo los ruidos de los garrotes machacando lo que queda de él. Jasiel está tirado y no alcanza a reaccionar, aunque un policía se entretiene pateándole los riñones. A Dana la están golpeando en la cara, que ahora en vez de blanca es roja. Parece que nadie se ha fijado en mí, lo que aprovecho para meterme en una de las habitaciones donde descubro una ventana. No lo pienso más y me lanzo por ella.

A mitad de la caída me doy cuenta de que ya es tarde para decir «qué pendejo soy».

Despierto mucho más tarde. Me duele todo, pero creo que no me rompí nada. Caí sobre un montón de basura en un callejón contiguo, y eso amortiguó el golpe. Pero estoy lleno de sangre, y alguien me robó los zapatos, el rompevientos y la playera. No los culpo, yo hago lo mismo cada que me encuentro un muerto. Trato de levantarme, pero es muy difícil. Es de día, pero no se oye ruido, por lo que me imagino que ya cayó el toque de queda. Me cuesta trabajo respirar. Intento pensar, pero todo me parece muy confuso. Lo que queda claro es que si me quedo toda la noche aquí, lo más probable es que sea devorado por las ratas, que ahora atacan en manadas, que me mate uno de esos comandos que eliminan mendigos o que caiga en las manos de alguna secta y me sacrifiquen en una alcantarilla.

Busco en mis bolsillos y encuentro las pastas que me había guardado. Desde hace mucho las había reservado para una ocasión especial. Como ésta. Espero que alguna sea analgésica. Las trago en seco, y la última casi se me atora. Me levanto, tembloroso, y camino fuera del callejón. Lejos, al fondo de la calle, viene un tanque. Una patrulla rutinaria. Si logro llegar hasta la Catedral podría trepar por su esqueleto, quizá dormir en uno de los andamios y mañana irme a casa. Ya después sabré qué pasó con Jasiel, Dana y los demás. O quizá nunca me entere, como sucede siempre que hay redadas. Pinche Jasiel, me caía bien. Me lo faulearon…

Estoy a unas ocho cuadras del Zócalo, descalzo y cojeando; hace frío. El tanque todavía está retirado. Con una poca de suerte, a la de tres paso corriendo y no me ven. Además, ya me están haciendo efecto las pastas. Todavía siento el dolor, pero por lo menos ya no me importa. Bueno, pues ahora o nunca. Una, dos y…

*E*N MEDIO DE LOS CASI IMPERCEPTIBLES ZUMBIDOS *del equipo, nadie nota al intruso. Como siempre, resulta imposible saber cómo llegó, por no hablar de dónde. Lo cierto es que del servidor pasa a una terminal específica y ahí se aloja, como una célula cancerosa, silenciosa al principio, reproduciéndose y devorando el tejido virtual sano sin que se dé cuenta alguno de los operadores.*

21 de marzo de 1974

COMENZÓ LA PRIMAVERA; EL RELOJ ME DESPERTÓ CON aquella canción de las rosas en el mar. Me levanté y lo primero que hice fue prender la tele. Alcancé a ver cómo el tipo vestido de niño preguntaba a uno de los concursantes:

—Te pregunto, cuate, ¿te quedas con la avalancha o entras a la catafixia?

«Quédate con la avalancha», murmuré.

—Entro a la catafixia —dijo el chavito tras pensarlo un momento.

Desde luego, detrás de la puerta con el número dos había una sala de Muebles Troncoso. Seguro los papás estaban felices, pero el niño no.

Se lo merecía, por menso.

Me bañé y bajé a desayunar.

—Hola, mi amor –sonrió mamá, y sirvió el desayuno: Icee y Twinkies. Al rato bajó papá, leyendo el periódico. Él sólo tomó café. Estuvimos hablando sobre el mundial. A papá no le cae bien Borja, pero yo creo que es un buen jugador. Finalmente, me di cuenta de que se había hecho tarde para irme a trabajar y me retiré de la mesa. Cuando iba saliendo, papá me dijo:

—Lalo, en el garaje, en una caja de cartón del Taconazo Popis, hay una sorpresa para ti.

Efectivamente, se trataba del casco de carreras más hermoso del mundo: amarillo con espirales moradas a los lados y caritas felices, lo más a gogó que se ha fabricado en accesorios. Lo había visto ayer, y por lo visto papá me lo compró. Tras colocármelo, subí al go-kart y salí volando al trabajo. Ya se me había hecho tarde.

Al llegar a Galletorama, el jefe me regañó por los dos minutos de retraso, pero luego sonrió y dijo que me habían transferido a una nueva máquina, la que perfora los ojos y la boca de las sonrisas de canela, unas galletas con forma de carita feliz que son mis favoritas.

Salí de trabajar y fui a comer un chamacón con queso acompañado de una Fiesta Cola. Camino a casa pasé por el Cinerama y vi que daban *La guerra de las galaxias*; me metí. Es la mejor película que he visto en mi vida. A la hora de la cena, mamá sirvió hot dogs y chaparritas. Cuando acabamos, mientras subía a mi cuarto, papá me dijo:

—Lalo, en tu recámara hay una sorpresa.

Era una colcha de R2D2 y C3PO.

22 de marzo de 1974

Hoy fue la final del mundial, y desde luego, ganó la selección nacional. Todo Wonderama salió a festejar a las calles, era un auténtico carnaval. Fui con papá, en su Galaxie, a participar de la fiesta, ondeando nuestra bandera por las calles, como el resto de la ciudad y el país. Por la noche, el Presidente inauguró el monumento a Borja en la plaza mayor, en honor a los 142 goles anotados durante el campeonato. Ahí estuvimos también, emocionadísimos, sobre todo a la hora que sonó el himno nacional. Creo que la opinión que papá tenía de Borja ha cambiado.

Llegamos a casa ya tarde.

23 de marzo de 1974

Día especial. Todo fue opacado por la llegada del hombre a la luna. Lo vimos por tele. Papá estaba tan emocionado que dejó escapar una lágrima. Cuando el astronauta dijo que era un pequeño paso para el hombre y un gran paso para la humanidad, sentí como un nudo en la garganta.

He decidido que quiero ser astronauta.

24 de marzo de 1974

Me levanté tarde, por ser sábado. Prendí la tele y alcancé a ver los últimos minutos del programa de las burbujas esas. Nunca lo he visto completo. Cuando empezó el noticiero de los adultos, el que pasan todas las mañanas y que mi mamá no se pierde, salí en el go-kart a dar una vuelta al parque.

Hoy es día de luto nacional, no sé por qué, y en la plaza del parque, la bandera ondeaba a media asta, con sus círculos de colores sobre fondo blanco luciendo majestuosamente, y la palabra *Wonder* en letras rojas. Cada vez que la veo, me da una emoción que no puedo describir.

Me senté en una banca a no hacer nada.

Ahí estaba cuando una niña rubia de cabello lacio y vestida de azul se sentó al otro lado de la banca.

—Hola, qué lindo día –me dijo, sin conocernos ni nada, a lo que contesté con un gruñido.

—¿Quieres un pedacito de mi chocolate? –insistió inoportunamente, por lo que la ignoré.

—Pues me lo voy a tener que comer yo solita… Mmm, delicioso –exclamó.

Entonces, sin saber por qué, pues odio el sabor, volteé hacia ella y le dije, con la más idiota sonrisa:

—¿Me convidas un cachito de tu chocolate?

—Hola, me llamo Tere –dijo, al tiempo que me pasaba lo que le quedaba.

—Yo me llamo Lalo –contesté.

Sin decir más, Tere se paró y se alejó caminando. Confundido, descubrí que dentro de la envoltura, escrito con crayola, había un mensaje que decía:

La realidad es falsa

Regresé a casa sin saber qué pensar y pasé el resto de la tarde jugando con mis muñecos del Santo, deseando no haberme encontrado jamás a esa niña.

Ni siquiera quise cenar, y eso que había gansitos con Mirinda.

La primera señal de alarma pasa desapercibida en la interfaz ocular del operador. Un mensaje más, entre millones que decodifica cada día. «La terminal zutana detecta un error del tipo x en el programa tal.» El operador ordena seguir, y como ve que la máquina no se detiene, no presta mayor atención. Errores de ésos aparecen por miles, sobre todo en el software experimental.

25 de marzo de 1974

Desayuné Chocotorros con Perk, y papá me llevó al concurso del que se viste de niño. Desde que recuerdo, tenía ganas de ir. Por los pasillos de los foros de televisión me crucé con Batman y le pedí un autógrafo. Le dije que él era mejor que el Santo. El concurso, en realidad, era bastante simple, se trataba de escoger entre tres llaves, una de las cuales abría la puerta del sabor. Escogí la correcta y gané una dotación de yogur y una avalancha. Al final del programa, el animador me preguntó:

—Cuate, ¿te quedas con tus premios o entras a la catafixia?

No lo entiendo, siempre he pensado que los que lo hacen son francamente mensos, pero le contesté que entraba a la catafixia.

—A ver, Lupita, qué hay detrás de la puerta dos…

A lo lejos escuché la voz del títere del mago de barba, el conejo, que decía:

—Jajaay, se llevó el burro de planchar.

Pero lo realmente extraño es que tras el burro había un letrero enorme que decía:

La verdad, todo es mentira

Y al parecer, sólo lo vi yo.

26 de marzo de 1974

Hoy por la mañana, el Presidente apareció por la televisión. «Buenos días, sobrinos», dijo desde la pantalla, con su saco rojo, lleno de parches de animalitos en las solapas.

—Buenos días, señor Presidente –le contestaron mis papás, sentados en el sillón.

Era un mensaje a la nación respecto a una amenaza que se cernía sobre ella: un criminal de nombre Fantomas se estaba dedicando a diversos actos de sabotaje y estafa. Pero al parecer, la policía ya trabajaba en ello, y todo estaba bajo control; no había de qué preocuparse.

Al acabar su mensaje, el Presidente mostró un changuito de pilas que tocaba frenéticamente unos platillos que me pareció, no sé por qué, tétrico.

No sucedió nada interesante el resto del día.

27 de marzo de 1974

No lo puedo creer. Hoy íbamos a comer Quesito Mío con Bonafinas cuando mamá me pidió que sacara la bolsa de la basura, pues se oía al camión venir desde lejos. Una vez fuera, descubrí sorprendido que el señor de la basura era un hombre altísimo, vestido de frac y con la cara envuelta en una máscara blanca que más bien parecía pintada sobre su cabeza, dejando sólo los orificios de los ojos libres. Se veía amenazador, pero también elegante. ¡Era Fantomas! Me supe invadido por una emoción, mezcla de miedo y no sé qué, él tomó la bolsa de plástico de mi mano temblorosa, la rasgó como si fuera de papel y me dijo, con una voz grave, casi cavernosa:

—¿Te has dado cuenta de que sólo comes basura y no engordas ni te salen caries?

Entonces me devolvió los restos de la bolsa, y estaba vacía, a pesar de que un segundo antes parecía llena de desperdicios.

—Tampoco hay malos olores ni contaminación; errores del programa.

Y tras decir eso, se alejó a saltos descomunales, propios de alguien superhumano.

Aunque no me escuchó, murmuré: «Fantomas, eres mejor que Batman».

Pero no dije nada a mis papás.

28 de marzo de 1974

¿QUÉ ME ESTÁ PASANDO? YA ES DE NOCHE, Y POR MÁS QUE me esfuerzo, no logro recordar nada de lo que pasó hoy. De pronto, parece como si los días fueran muy cortos. Desearía poder comentarlo con alguien, pero no sé con quién.

29 de marzo de 1974

FUI A PATINERAMA. ESTABA TOMÁNDOME UNA MALTEADA de vainilla enlatada mientras veía a los que estaban en la pista, dando vueltas y vueltas. Sentí un poco de mareo por las luces y la música, por lo que salí a tomar un poco de aire. Estaba de lo más tranquilo, cuando se acercó un niño de mi edad.

—Los Bee-Gees son insoportables, ¿no?

—¿Qué? –contesté.

Él volteó para todos lados y luego me dijo en un susurro:

—¿Ya viste que por aquí nadie parece ser un ser humano real?

Me guiñó y se fue.

Todo se está poniendo muy raro.

30 de marzo de 1974

ME LLEGÓ UN TELEGRAMA. AL PRINCIPIO ME EXTRAÑÓ, pues ahora que lo pienso, no conozco a nadie. El remitente decía «errores del programa», y el mensaje era:

¿HAS NOTADO QUE TUS PAPÁS SE PARECEN
A JORGE RIVERO Y SASHA MONTENEGRO?

Me quedé helado, porque súbitamente me pareció recordar esos nombres y, con ellos, muchas palabras que no usaba pero que conocía, y al evocarlas parecían como cubiertas por una capa de polvo. Pero aún hay cosas que aparentemente ignoro, como cuál es mi apellido y cuántos años tengo.

Ahora se trata de algo serio. El intruso ha logrado apoderarse de la terminal. Sin embargo, el operador sólo alcanza a leer un mensaje que indica intercambio de datos entre las máquinas, nada fuera de la rutina. Y como no se hace un chequeo exhaustivo de los ambientes virtuales diariamente, como lo indican los manuales, nadie se entera.

31 de marzo de 1974

¿Pero quién mierdas era Jorge Rivero? ¿Y Sasha Montenegro?

1 de abril de 1974

No entiendo qué sucede. Parece como si yo no existiera. Entre más pienso respecto a la realidad, más falsa me parece. Siento estar atrapado en un sueño ajeno que, sin embargo, me pertenece. Quizás alguien imagina que él es yo. O pero aún, soy el sueño de alguien más, un personaje secundario de una fantasía recurrente. No había notado que aquí no hay sabores ni olores, sólo imágenes y sonidos, que a pesar de ser falsos, son reales. Todas las caras me son familiares, pero de alguna manera sé que son de gente que no conozco. Eso incluye a mis padres y (lo descubrí al mirarme al espejo) mi propio rostro. Por otro lado, comienzo a recordar. Es como si recuperara pequeños fragmentos de un total faltante. Paulatinamente, significados de palabras que no recordaba, y que no debería saber debido a mi edad (por otro lado, incalculable), se encienden en algún rincón de mi memoria. Tengo la certeza de llamarme Eduardo, pero no Lalo. Sé que yo soy, pero que no soy así. Por más que reviso mi diario, no encuentro evidencia alguna que me diga qué pasa; sin embargo, lo encuentro desoladoramente frívolo.

Y algunas fechas no me checan.

Una señal de franca alarma aparece en lo que corresponde al espacio visual del operador. Uno de los sujetos registra actividad cerebral compleja. Los instrumentos saltan, frenéticos. Pero no hay operador que atienda los avisos, pues son las tres de la madrugada. Por lo tanto, lo único que el torpe programa de seguridad alcanza a hacer es autobloquearse.

2 de abril de 1974

Caos total.

Al despertar, lo único que alcanzaba a escuchar era un estruendoso silencio.

Cuando abrí los ojos, descubrí un mundo al que le habían robado el color. Todos los objetos parecían construidos de alambre, estaba rodeado por millones de gráficas tridimensionales, de las llamadas *wireframe*, un tinglado demencial generado por computadora. La habitación, la casa, la calle, los autos, las personas, todo convertido (o revertido) en estatuas virtuales. Mi propio cuerpo era una red de infinitos vectores que definían el remedo de un ser humano. Descubrir esta realidad no me produjo emoción inmediata alguna. Debí sentir tristeza, debí sentir rabia, pero tan sólo me invadió una abrumadora soledad.

—Eduardo Aquino –era una voz grave, cavernosa, la que rasgaba el silencio tras de mí, pronunciando mi nombre verdadero. No me sorprendió descubrir a Fantomas a mis espaldas, único elemento de este mundo que no había perdido el color.

Entonces recordé.

Escuchar el sonido que verdaderamente me corresponde por nombre devolvió de golpe mis recuerdos; todo estaba ahí…

… agosto de 2012
                    mi cátedra en la universidad
    el golpe de Estado
                    la imposición del gobierno totalitario
    mi participación en el sindicato de maestros
                    las amenazas
    el despido injustificado
                    la simpatía por la subversión
                    descubrir que Pedro es de la guerrilla
    la invitación a unirme al movimiento
                    las juntas clandestinas
    la redacción de manifiestos
                    la metamorfosis no deseada
                        de militante a ideólogo
                    el teléfono intervenido
    la huida de mi mujer e hijos a otro país
                    mi desaparición simulada
    la guerrilla en las cloacas
                    los tiroteos
    los atentados
                    la sangre que no debimos derramar

la división interna del movimiento

un cisma inminente

¿Hay un infiltrado?

«Nadie es indispensable, pero eres la mitad del cerebro del movimiento»

el último encuentro

alguien delató nuestro refugio

balas de goma

gases lacrimógenos

no quieren muertos

me buscan

la captura

el interrogatorio

la tortura

el juicio sumario…

… y después, despertar en esta utopía paranoide.

—Fantomas –respondí, tras el eterno instante en que los recuerdos arrebatados regresaron a mi memoria–, eres mejor que Batman.

—Sólo un virus virtual, infiltrado por la red. Te tienen en un pabellón de alta seguridad reservado para los presos políticos. No te pueden matar, la presión internacional es muy fuerte. Te mantienen encadenado a un escenario de realidad virtual, junto con otros líderes del movimiento.

—Sí, claro –respondí, sintiéndome un poco tonto por hablar con un virus de computadora, alguien se puso a programar la utopía pop de principios de los setenta, una especie de inconsciente colectivo de la televisión…

—No hay tiempo –interrumpió groseramente Fantomas en medio de mis lucubraciones–, no tardarán en darse cuenta los operadores de que algo no funciona. Poco a poco están vaciando tu cerebro. Hemos podido rescatar un poco, pero hay información que se ha perdido inexorablemente. Entre más tiempo pase, menos podrás recordar, hasta que te borren por completo.

Una onda fría recorrió mi espalda, al intentar inútilmente de recordar el rostro de mi verdadero padre.

—¿Hay algo que pueda hacerse?

—Sí –y al decir esto, se quitó la máscara y me la entregó, descubriendo un rostro que no era tal–, los operadores se darán cuenta de que hay un intruso en su programa. Entonces rebootearán el sistema entero, eliminándome. Pero la máscara requiere un programa muy específico para borrarla. En cuanto restablezcan el escenario virtual, debes colocártela. Es un programa indetectable para ellos que protegerá tus recuerdos hasta que podamos rescatart...

Al regresar, el operador detecta la intrusión de un virus en el programa. Lo primero que hace, por supuesto, es rebootear el sistema, término técnico para decir que lo apaga y lo vuelve a prender, tras de lo cual reconfigura las terminales, alterando los parámetros para que resulte imposible volver a infiltrar un virus. Terminada la operación, casi rutinaria, el operador regresa a la aburrida tarea de vigilar que nada salga de lo normal en el pabellón de alta seguridad del penal virtual.

2 de abril de 1974

El reloj me despertó con «El Noa Noa».

Me levanté y lo primero que hice fue prender la tele.

Alcancé a ver el final del programa del tipo ese vestido de niño.

Me bañé y bajé a desayunar.

—Hola, mi amor –sonrió mamá, y sirvió el desayuno, donas y Kool-Aid. Al ratito bajó papá, leyendo el periódico. Él sólo tomó café. Estuvimos hablando sobre los juegos olímpicos.

Me di cuenta de que se había hecho tarde para irme a trabajar, así que me retiré de la mesa. Cuando iba saliendo, papá me dijo:

—Oye, Lalo, ahí en la sala, sobre la mesa, hay una sorpresa para ti.

Era una máscara blanca, parecida a la del Santo, pero sin mayor gracia.

—Gracias, papá –dije, fingiendo mi mejor sonrisa, y salí corriendo a Juguetorama, donde trabajo.

Tiré la máscara en el primer bote de basura que encontré.

Por lo demás, fue un día de lo más normal.

LA SANGRE DERRAMADA POR NUESTROS HÉROES
(Escrito en colaboración con Gerardo Sifuentes)

> *Si todos nuestros sueños se hicieran*
> *realidad, el mundo se convertiría en*
> *una pesadilla.*
>
> JOHN UPDIKE

1
Brasil, 1979

VARIOS CIENTOS DE METROS ABAJO, EL CARNAVAL hervía. Río estaba convertido en un manicomio sin paredes. Pero acá arriba, en nuestro penthouse, de espaldas al ventanal, el doctor Mengele se concentraba en vaciar los resultados de sus experimentos en un computador Telefunken portátil, apenas del tamaño de un veliz de viaje.

—¿Una copa, Herr Doktor? –pregunté.

—*Nein*. No mientras trabajo.

El estruendo de la samba llegaba hasta el estudio del departamento, pese a estar aislado con un nuevo polímero espumoso, desarrollado por los muchachos de Hoechst, allá en la Madre Patria.

Un zepelín de la policía antimotines pasó junto a la ventana, deslizándose como un cachalote perezoso. Desde la cabina, un gorila saludó ceremonioso. No me molesté en contestar.

El doctor Mengele, como si tuviera ojos en la nuca, preguntó:

—¿Qué pasa, señor embajador? ¿Le molestan los simios?

—Aborrezco a los primates, doctor.

—Debería acostumbrarse. Pronto estarán por todos lados: conserjes, mayordomos, porteros. Incluso nodrizas.

—Con todo respeto, Herr Doktor, preferiría que una negra cuidase de mis hijos a dejarlos con un gorila.

—Oh, no sea tan duro, Herr Ambassadeur. Estos animales están modificados genéticamente. Son completamente inofensivos y dóciles. Mucho mejor que los negros o cualquier otra raza inferior.

El zumbido de un helicóptero interrumpió al médico. Nuestro transporte había llegado. Escuchamos al vehículo posarse sobre el techo. Era hora de partir.

—*Mein Gott*. Tendría que esperar a que la máquina se enfríe para poder transportarla.

—No se preocupe, Herr Doktor, deje el computador; tome sus notas a mano. Ordenaré que un secretario mecánico de la embajada capture la información cuando usted vuelva.

—Gracias. Probablemente ya no sea necesario –se incorporó trabajosamente, tomando su inseparable portafolios de piel–; hoy es el último día.

Subimos por la escalerilla hacia la terraza. Ahí, haciendo un esfuerzo para que su voz se escuchara sobre el motor, dijo:

—¿Sabe? Ahora las cosas parecen hacerse muy fácilmente.

Mientras despegábamos, en el edificio de enfrente una pantalla gigante mostraba imágenes del noticiero en portugués de la Deutsche Welle sobre el nuevo transbordador espacial planetizando en una de nuestras bases marcianas. Mengele tenía razón.

El helicóptero, una esfera de plexiglás con hélices, era manejado por otro simio de aspecto ligeramente más inteligente que el policía del zepelín; una vez acomodados, continuó hablando.

—Es difícil para ustedes, las nuevas generaciones, entenderlo. Han tenido una vida muy cómoda. ¿Dónde estaba usted el día que estalló la bomba sobre Nueva York? ¿Qué edad tenía?

—En Berlín –casi avergonzado, añadí–, cuatro años.

—¡Era usted un bebé! No compartió con toda Alemania esas horas de angustia. La guerra estaba a punto de perderse; no teníamos la seguridad de que la bomba funcionara. Pero ya ve, a los dos días Los Ángeles también volaba por los cielos. Su generación creció en la boyante economía de la posguerra. Para ustedes ha sido natural vivir entre los grandes avances del Reich: máquinas, medicinas, carreteras, zepelines. Valoran poco el esfuerzo de sus padres. Poco les importa la sangre derramada por nuestros héroes.

Su mirada se iba endureciendo. Preferí callar.

Abajo de nosotros, Río de Janeiro se extendía como un tapete multicolor. Recordé México, aquella fiesta de la cancillería azteca donde había conocido a Nelli. La última vez que hablamos por videófono me había prometido que pronto nos veríamos, pero esa promesa llevaba tiempo postergándose, sobre todo desde que se descubrieran aquellas ruinas submarinas en los cenotes mayas y la Luftwaffe la contratara como destacada especialista para traducir los frescos. Había momentos en que realmente la extrañaba; deseaba estar comisionado en el consulado de Yucatán, pero las cosas estaban calientes en los altos círculos del Reich, aunque para el resto del mundo, para la propia Alemania, la vida siguiera tan apacible como desde los años dorados de la posguerra.

Prueba del bullicio político era la sorpresiva visita del ministro de Ciencias del Reich. Un hombre de su edad no abandonaría fácilmente Berlín. No para visitar Río. Y menos durante el carnaval.

—Al verlos bailar frenéticamente no me queda duda de que son más cercanos a los simios que a nosotros –continuó el doctor, mirando la avenida Atlántica convertida en una serpiente crepitante–. Véalos, parecería que la vida se les fuera en la danza.

—Para ellos es importante –balbuceé.

Los ojillos azules del ministro me rociaron con una mirada feroz.

—¿No estará justificándolos, señor embajador?

—No, señor, por supuesto que no.

Mantuve la mirada baja durante el resto del trayecto.

Los laboratorios de la Bayer estaban al norte, en las afueras de la ciudad. No era una fábrica, Río distaba de ser una zona industrial como São Paulo. Eran instalaciones de investigación biomédica de punta, el equivalente a los laboratorios de informática HumaCorp de la ciudad de México. De aquí habían salido los simios sirvientes, junto con otros miles de desarrollos tecnoorgánicos. El doctor Mengele llevaba una semana de incógnito en el Brasil, sin escolta, supervisando la fase final de una investigación de la que ni siquiera el nuevo Führer tenía noticias. Era mi obligación mantenerme a su lado todo el tiempo, pendiente de sus deseos y necesidades. Órdenes directas del Ministerio de Asuntos Exteriores, firmadas por el propio Martin Luther.

Era curioso ver trabajar al doctor Mengele. La edad había mellado su salud, era apenas la sombra de ese carismático personaje de la guerra; pero ahora, más de treinta años después, seguía tan activo como siempre.

A nuestros pies aparecieron las instalaciones de Bayer.

El vehículo descendió suavemente sobre la equis del helipuerto. Varios mozos brasileños, mulatos todos, salieron a nuestro encuentro. Ayudaron al anciano a descender. Murmuraban entre sí breves maldiciones en portugués disfrazadas de reverencias. Ignoraban que yo entendía, y no sabían quién era Mengele.

Seguí al doctor a un par de pasos. Era extraño verlo vestido de blanco, como cualquier lugarteniente alemán de la localidad. Parecía más frágil que de costumbre.

Como el propio Reich.

El doctor Rolf Krohn, jefe de investigaciones de Bayer, nos recibió en la terraza, sonriendo. Era de mi edad; al igual que a mí, tantos años entre brasileños habían entibiado su frío temperamento alemán.

Una vez dentro del edificio, el anciano dijo:

—Herr Ambassadeur…

—¿Señor?

—Elimine a esos sirvientes. ¿Creen que pueden insultarme en la cara? Los quiero muertos.

Se había esforzado en pronunciar la palabra *muertos* muy suavemente. Al ver la sorpresa en mi rostro, explicó:

—Usted no se da cuenta, pero *realmente* estuvimos a punto de perder la guerra. Los norteamericanos tenían lista su bomba. Fue cosa de semanas. Yo sabía del riesgo, por lo que planeé cuidadosamente mi huida a este país, lo cual incluyó aprender algo del idioma. Usted sabe, los insultos son lo primero que se graba en la mente. Afortunadamente, no fue necesario escapar. No soporto tanto calor.

Sus ojos eran un par de hielos; su cara, una máscara inexpresiva.

—Lo que me sorprende, Herr Ambassadeur –abundó Mengele, endureciendo sus rasgos– es que usted haya ignorado los improperios. ¿Simpatiza con ellos?

—N-no. Yo...

—Hágalos venir, doctor Krohn.

Confundido, el médico obedeció. Eran cuatro, se formaron en fila frente a Mengele, sonrientes, viviendo su propio carnaval, murmurando insultos con la suavidad con que se habla al oído de la amada. Evidentemente, Krohn no hablaba portugués, lo que había infundido confianza en los cariocas, que continuaban su juego.

—*Cala a boca, filhos da puta!!* –tronó Mengele.

Nunca he visto horror como el de aquellas cuatro caras.

El anciano abrió su portafolios para extraer una Luger. Me la tendió.

—Fingir que no entiende las maldiciones –dijo en perfecto portugués– es como si usted mismo me insultara, señor embajador. Ahora debe demostrar que fue sólo una distracción. ¡Mátelos!

Tomé el arma con manos temblorosas. No había empuñado una desde mis tiempos en las juventudes nazis. No deseaba volver a hacerlo. Jamás había disparado contra nadie.

Sentía cuatro miradas suplicantes concentrarse en mí, pero mis ojos eran incapaces de salir a su encuentro.

—¡¡Hágalo, imbécil!! ¡¡Así!!

Me arrebató el arma. Disparó sobre uno de los mozos.

—De no hacerlo, lo consideraré un traidor al Reich, Herr Ambassadeur –añadió.

Me dio la pistola de nuevo.

Cinco minutos después caminábamos nuevamente por el pasillo. El aire acondicionado nos refrescaba, aliviándonos. Una musiquilla ambiental flotaba entre los pasillos. El doctor Krohn, tembloroso, nos guio hasta el laboratorio donde había estado trabajando Mengele.

A nuestras espaldas cuatro cadáveres eran removidos por varios empleados de limpieza, completamente silenciosos.

Yo era un asesino.

Deseaba vomitar.

Tuve el repentino deseo de estar en México, al lado de Nelli. Pensé en sus pezones morenos apretándose contra mi pecho lechoso para olvidar la truculenta facilidad con que se mata a tres individuos.

En el laboratorio, un grupo de investigadores trabajaba afanosamente. Cuando entramos, todos interrumpieron su labor para saludar al ministro.

—Basta de ceremonias. Vayamos directamente al punto. Doctor Krohn, ¿está todo listo?

—Listo, Herr Doktor. Helga.

Una chica rubia, perfecto ejemplo de la belleza aria, se acercó a Mengele y le entregó una probeta sellada. Contenía un líquido rojizo de aspecto inocuo.

—Hoy es un gran día para Alemania –susurró el anciano, casi extático.

Permaneció observando a contraluz el contenedor durante varios minutos. Los médicos intercambiaban miradas inquietas. Finalmente, el doctor Krohn carraspeó, llamando la atención del ministro.

—Herr Doktor, eh… hay que tener cuidado con la muestra. Es muy inestable. Un pequeño cambio de temperatura podría… Usted sabe.

—Claro, claro –repuso Mengele, como saliendo de trance–, el calor de mis manos podría acabar con años de investigación.

El anciano sonrió. Era evidente que sus músculos faciales no estaban acostumbrados a tensarse de esa manera. Lo que ofreció fue una mueca grotesca, su piel, reseca, apenas parecía adherida al cráneo.

—Caballeros, señorita, creo que la ocasión amerita un brindis.

Abrió su portafolios. Guardó cuidadosamente la probeta, luego extrajo una botella de champán. Un auténtico tesoro, aun para los diplomáticos de mi nivel.

¡Pop!, tronó el corcho. A falta de copas, el anciano sirvió a todos los miembros del equipo en cristalería de laboratorio. Al final, sin consultarnos, indicó que Herr Doktor Krohn, Herr Ambassadeur y él mismo no beberíamos, pero levantó la botella para brindar por Alemania. Luego la lanzó contra la pared, haciéndola añicos.

Sin más ceremonia, salimos del laboratorio, acompañados únicamente por Krohn.

—Disponga de los desechos orgánicos, Herr Doktor –ordenó Mengele al sorprendido Rolf. A nuestras espaldas se escuchó el sonido de varios cuerpos al caer al suelo–. Recuérdelo, el Reich ha sido muy generoso con usted. Correspóndale con su silencio.

Krohn no acababa de entender, en su rostro se leía la confusión.

Salimos lo más rápido que el paso cansino de Mengele nos permitió. Abordamos el helicóptero, esta vez sin ninguna escolta de cariocas. Partimos dejando atrás al doctor Krohn y los laboratorios Bayer.

Durante el trayecto de vuelta, Mengele sólo dijo tres palabras:

—Cianuro. Casi indoloro.

De vuelta al penthouse, el anciano rompió el silencio:

—Señor embajador, usted ha demostrado ser un nazi integral. No pensé que fuera a obedecer mi orden de disparar a los mulatos. Supuse que el trópico habría relajado su disciplina, que se habría suavizado.

No respondí.

—Sin embargo, creo que se merece una explicación. Pero ¿por qué no me sirve una copa? Mi labor en el Brasil ha terminado.

No entendía nada. Ofrecí al ministro una caipirinha que rechazó, pero aceptó a cambio un poco de vino blanco.

—Ah. El viejo sabor del Rin, ligeramente avinagrado tras asolearse en los muelles brasileños. Dígame, señor embajador, ¿es feliz en este país?

—No lo puedo negar, Herr Doktor. Brasil es un paraíso. Sólo espero la llegada del viernes para poder abandonar la embajada en Brasilia y volar hasta este penthouse a pasar los fines de semana. Aquí hay de todo: buen clima, frutas exóticas, mujeres hermos…

—Lo dicho. Tanto tiempo en la costa ha atrofiado su cerebro. Ahora halla usted belleza en los rasgos antropoides de las mujeres de raza inferior. Horror. Sé que le gusta visitar uno de nuestros países favoritos. ¿Prefiere la hospitalidad mexicana?

Permanecí mudo.

Mengele dio media vuelta. Abrió el portafolios. Sacó la probeta con el líquido rojo. Caminó hasta el ventanal. Tras un nuevo sorbo al vino observó largamente el desenfreno del carnaval, allá abajo.

—Monos. Menos que eso –musitó con infinito desprecio. Volteó hacia mí–. Herr Ambassadeur, estoy seguro de que está familiarizado con las investigaciones del doctor Erich Traub.

—Sí. Un héroe de guerra menor. Desarrolló armas químicas con las que el ejército japonés propagó enfermedades sobre Filipinas. Una de las últimas acciones decisivas para ganar en el frente del Pacífico.

—Bien. Desde entonces hemos gozado de paz y de prosperidad. Pero, como usted sabe, la mente militar no descansa. Después de todo, la paranoia es un estado de conciencia más elevado. ¿Está de acuerdo?

—Sí, Herr Doktor.

—Bien. Esa acción del Imperio me inspiró desde entonces. Piense, Herr Ambassadeur, ¿cuál sería el arma perfecta?

No tuve respuesta.

—Pues aquella que cumpla con estas tres características: que sea muy barata, de largo alcance y fulminante mortalidad. ¿Cuándo fue la última vez que tuvo gripe?

—Mmm… No lo sé. Un par de días, hace tres años. Es que en este clima…

—Sí, por supuesto. Olvidaba eso. Ahora dígame, ¿qué pasaría si la gripe fuera mortal?

—¿…?

—Moriríamos como moscas. ¿Correcto? La idea original era trabajar sobre el virus de la gripe, volverlo letal, convertirlo en un fiero guerrero nazi. Pero, ¿sabe?, el asunto de los virus resultó más complicado de lo que pensábamos. Esas cosas no están técnicamente vivas, sin embargo son orgánicas. En pocas palabras, para que lo comprenda, son paquetes de información genética que se duplican por sí mismos. Algo en los límites de la comprensión humana.

—Entiendo…

—¡No! ¡Usted no entiende nada, Herr Ambassadeur! Dedicamos doce años de investigación biomédica para modificar el ADN del virus. En el camino descubrimos muchas otras cosas: simios que podemos considerar casi inteligentes a los que usted tanto desprecia, esporas de ántrax sumamente letales pero difíciles de controlar, vacunas contra otras enfermedades, bacterias devoradoras de material inorgánico, redes neuronales artificiales, linfocitos inteligentes y esto —elevó entonces la mano donde sostenía la probeta con el líquido rojo.

—Imagine —continuó el anciano, cada vez más exaltado— que puede jugar con la información genética de los virus. Que la recombina a su capricho. Imagine que busca en la gripe y en otras enfermedades virales, y que a medio camino descubre, en lo que al principio calificó como un error, la respuesta que ha estado buscando. Simple, a la secuencia del ADN del virus del visna, una enfermedad de las ovejas que no afecta a los humanos, se le sustituye con tres por ciento de genes del HTLV-I, una forma de leucemia que ataca a ciertas células pero rara vez resulta fatal. ¿Qué es lo que obtenemos? Un monstruo que acaba con el sistema inmunológico. Cualquier enfermedad se vuelve mortal. Pero lo mejor es que en las pruebas que hicimos con los simios, esos mismos que usted desprecia, descubrimos que sólo se propaga a través de la sangre, el semen y los fluidos vaginales. ¿Se da cuenta? Es por eso que nuestros laboratorios virológicos están en este país y no en la Madre Patria, Herr Ambassadeur. No es ningún capricho. Todos estos bárbaros se contagiarán fornicando. Esto que ve aquí es el auténtico sueño de Hitler, la solución final de verdad. Sólo tenemos que esparcirlo entre algunos cuantos miembros de las razas inferiores, sujetos elegidos al azar. Su lujuria hará el resto. Hemos hecho cálculos, y en unos quince años estarán todos infectados: negros, gitanos, indios y los pocos judíos que queden. Morirán llevando al asesino en su sangre sin enterarse de qué sucedió. El mundo, Herr Ambassadeur, finalmente será nuestro.

—Herr Doktor —interrumpí, alarmado por el brillo demente de su mirada—, el mundo ya es nuestro, incluso una pequeña porción del sistema solar es alemán. ¿Para qué necesitamos continuar con el exterminio si no habrá gente que habite todo eso?

—¿Que no habrá gente? ¿Qué quiere decir? ¿No entiende que sólo afectará a los pueblos no arios?

—¿Y qué pasará cuando algún hijo de Alemania tenga intercambio sexual con una mujer infectada? ¿O cuando una mujer aria tenga amores con, digamos, un negro brasileño?

Mengele me observó con furia. Era demasiado odio contenido en un cuerpo tan pequeño.

—Afortunadamente —Mengele habló pausado— no me he enterado de la existencia de más gente como usted. ¿De qué tiene miedo? Este virus no hace daño a la gente *normal*, ¿o usted considera no serlo? Quizá sea usted un desviado que protege a esos simios que están bajo sus órdenes. Pero ellos no durarán mucho, el virus se propagará rápidamente. Para cuando se den cuenta, será demasiado tarde; la agonía imperceptible puede durar años. Sus hijos arios, Herr Ambassadeur, nunca sabrán que alguna vez existieron otras razas en el planeta. Acaso verán a los últimos morir en prisión. ¡¡Sus descendientes, si es que un blandengue como usted tiene capacidad de engendrarlos, llegarán al último rincón de la galaxia llevando nuestro emblema y nuestra sabiduría!!

Elevó su mano empuñando la probeta, blandiéndola violentamente.

Un crujido de cristal interrumpió su soliloquio.

—*Mein Gott* –murmuró el viejo al ver su mano. Fueron sus últimas palabras. Había reventado la probeta, clavándose los vidrios en la palma, mezclando su sangre con el fiero guerrero nazi microscópico, de pronto convertido en su verdugo.

Lanzó hacia mí una mirada, mezcla de pánico y súplica, pero sólo se encontró con mi puño cerrado estrellándose contra su nariz.

No gritó. No cuando mi otro puño se hundió en su estómago, ni cuando lo lancé contra la pared, ni siquiera cuando pateé sus blandas costillas de anciano. Observé que intentaba levantarse, por un instante pensé que quizá no merecía el trato que le estaba dando; hubiera querido darle una muestra de humanidad, que él nunca conoció. Pero a cada golpe que le daba pensaba en los mozos de Bayer, en Nelli, en toda la gente no aria que había conocido en Brasil. Recordé los rumores sobre la guerra, en toda la historia no confirmada del doctor Mengele. No me quedaba duda de su autenticidad. ¿Merecen clemencia los monstruos? No lo sé, yo no la sentí.

Dejé de golpearlo mucho tiempo después de que dejó de respirar.

Llamé a mi secretaria de la embajada en Brasilia.

—Herr Doktor está indispuesto; avise a Berlín que se quedará unos días más en Río.

Después tomé el teléfono y marqué a mi médico de confianza.

2

EL VUELO DE LUFTHANSA DE RÍO HASTA LA CIUDAD DE México es largo. Tengo mucho tiempo para pensar.

Ignoro si el virus se ha difundido como Mengele lo deseaba. No sé si esa probeta era todo lo que quedaba del mortal líquido. Jamás sabré si fue probado en seres humanos. El doctor Krohn casi me agradeció al ver a Mengele muerto. No dudó en extender un certificado de defunción: «Gripe complicada por infección viral». Quizás el mismo Krohn estaba metido hasta el cuello en las investigaciones de este demente. De ser así, creo que ha encontrado su redención.

En Berlín nadie se sorprendió de la muerte del anciano, era ya muy viejo. Oficialmente se dijo que estaba de vacaciones en Brasil cuando cayó enfermo. Por lo visto, el nuevo Führer no sabía nada sobre las actividades de Mengele. Incineramos el cadáver como precaución, las cenizas las arrojé desde el zepelín que me llevó al aeropuerto donde este supersónico me esperaba. El doctor Krohn envió a Alemania una caja de latón con las cenizas de un simio de laboratorio en su lugar, así podrán rendirle homenaje a Mengele como es debido. Observé en la televisión que se le prepara un recibimiento de héroe. Hoy fue declarado día de luto en la Madre Patria y sus colonias. Sin embargo, pase lo que pase, aquí no podemos detener el carnaval.

Mejor.

Quizás el viejo debió permanecer oculto toda su vida y quedar, como ahora, absorbido por la selva amazónica. Quiero pensar que así pudo suceder.

Hablé por videófono con Nelli, nos veremos en el aeropuerto de la ciudad de México. Dice que la Luftwaffe y la cancillería alemana están alarmadas por los resultados de su investigación, al parecer la cosa aún no termina, creo que va para largo. Yo sólo pienso en su cabello negro. Ojalá tengamos unos hermosos hijos de ojos cafés.

Allá, en Río, el carnaval sigue como si acabara de empezar.

Llegando a México presentaré mi renuncia al servicio exterior alemán. Si el Reich se está resquebrajando, prefiero presenciarlo desde este lado del Atlántico.

La bestia ha muerto

1872

LA CAMPANILLA DE BRONCE DEL CEREBRO MECÁNICO repiqueteó, arrancando al príncipe de Salm Salm del reporte de seguridad que leía. En la pantalla esférica, que tanto le recordaba una escafandra de submarinista, se leía que una epístola eléctrica había llegado.

A través del ventanal de la oficina, en el castillo de Chapultepec, podían verse un par de dirigibles deslizarse con pereza de manatíes entre las nubes que cobijaban el Valle de México. En el costado de uno de ellos, en una pantalla gigante, se leía «1863-1873: diez años de prosperidad». Junto a las palabras, una imagen del rostro del Emperador sonreía a sus súbditos.

Al ver el remitente, el corazón del príncipe, ministro del Interior del Imperio Mexicano, dio un respingo: J. N. Alponte.

Lo que acabó de inquietarlo fue el título de la misiva: *La bête est morte.*

Un temblor imperceptible traicionó al militar. ¿Será posible? Por un instante dudó en abrirla. Si era lo que pensaba, sería una bomba en el Imperio.

El cuerpo de agentes suizos que integraba la oficina de inteligencia militar se encargaba de filtrar la correspondencia que llegaba al Ministerio, toneladas de peticiones que los súbditos mandaban desde todos los rincones del Imperio. A la terminal del ministro sólo llegaban las que se consideraban de suficiente importancia para distraer su atención. No podía haber error. Se trataba de *eso*.

La palabras parpadeantes parecían observar al príncipe desde la burbuja de vidrio. Tras varios minutos de indecisión, el funcionario jaló el listón de seda verde del intercomunicador neumático que conectaba su oficina con la cocina de Palacio.

—¿Señor? –contestó la voz del chef húngaro.

—Tüdös, mándeme un café *espresso*. Cargado.

—De inmediato, señor.

Minutos después, un sirviente mecánico tocaba a la puerta.

—Adelante.

—Su café, señor –dijo el homúnculo metálico; le ofrecía una taza en porcelana de talavera sobre una charola de plata zacatecana. Sin responder, el hombre la tomó y bebió su contenido de un sorbo. Al devolverla, indicó al androide que podía retirarse. Le inquietaba la presencia servil de esas máquinas.

Sintió cómo le tranquilizaba el brebaje a medida que la cafeína se integraba a su torrente sanguíneo. Sólo hasta entonces dio clic a su terminal para leer la carta.

Salm Salm pudo descifrar, en medio de la verborrea que

caracterizaba los comunicados del senil Alponte, la confirmación de sus sospechas.

Sin esperar más, tiró del listón de seda roja que lo comunicaba directamente al despacho del Emperador.

—¿Qué sucede, Félix? –contestó Maximiliano de Habsburgo al otro lado de la línea. Era un canal reservado para emergencias.

—Juárez ha muerto, Su Majestad.

Tras un breve silencio, el Emperador dijo:

—Ven a mi oficina.

1871

LA FURIA HELADA DE ENERO AZOTABA LAS CALLES DE PARÍS. El viento gélido lamía el rostro del agente mexicano. No estaba acostumbrado a estas temperaturas, ante las que su abrigo inglés de lana ofrecía nula protección mientras caminaba por el Boulevard Saint-Michel en busca de la calle donde tenía su cita.

Arriesgándose a que se le congelaran las manos, sacó de nuevo la tarjeta para verificar la dirección. Era correcta. Golpeó el aldabón de la puerta. Una adusta ama de llaves abrió. Preguntó por el doctor Jean-Martin Charcot, a lo que el ama respondió con un «pase usted, Monsieur le Docteur lo aguarda» y le dio la espalda para internarse en el consultorio. El visitante titubeó antes de seguirla. Las costumbres europeas, allende los Pirineos, le resultaban ajenas, confusas. A veces, hasta las de los españoles.

La mujer le señaló un sillón para que se sentara, luego lo abandonó en la sala. Él curioseó entre los diplomas colgados en la pared hasta que, tras algunos minutos que le parecieron eternos, el científico apareció al final del pasillo.

—¿Monsieur Smith?

—Doctor Charcot –respondió con un francés espantoso, estrechando la mano del sabio–, es un honor conocer al padre de la psicocibernética.

—Es tan sólo una ciencia en pañales, apenas en el área de lo teórico –repuso el doctor al sentarse, indicando al visitante que hiciera lo propio–. Sin embargo, estoy seguro de que tendrá un auge impresionante en el próximo siglo. Pero dígame... Perdón, me cuesta trabajo pronunciar su apellido. El auténtico, quiero decir.

—Lerdo de Tejada.

—¿En qué le puedo ayudar, Monsieur?

Mencionar su nombre verdadero inquietó por un momento a Sebastián, agente especial de la rebelión de los liberales mexicanos. ¿Acaso sería una trampa? Habían sido demasiados meses asumiendo la personalidad de Míster John Smith, comerciante canadiense en pieles de oso, de visita de negocios en la Ciudad Luz. Si lo atrapaban, sería hombre muerto tras sufrir horribles torturas a manos de la policía secreta de Napoleón III. Decidió, sin embargo, confiar. Tomó aire. Debía ser lo más claro posible en una lengua que no dominaba.

—Como sabe, a pesar de nuestra lucha, nos hemos dado tiempo para seguir con interés los avances de la ciencia. Su trabajo, específicamente, es de gran interés para nosotros.

—Ajá.

—Jamás nos hubiéramos atrevido a presentarnos ante usted de no ser por su abierta simpatía por nuestra causa.

—Bueno –el doctor Charcot carraspeó, incómodo–, lo único que hice fue firmar aquella carta que convocó Baudelaire.

Fue suscrita por muchos intelectuales: el propio Charles, Victor Hugo, Jules Verne, Dostoievski, el grupo de los cinco, aquel periodista alemán que vive en Londres...

—Karl Marx.

—Ese mismo. Llamó la atención que me adhiriera a la causa por ser el único científico.

—Darwin también firmó.

—¿Ah, sí?

Varios sabios ingleses y alemanes habían rubricado la petición internacional que solicitaba la liberación de Benito Juárez. A Sebastián le irritaba la petulancia francesa, pero se resignó a soportarla en aras de la rebelión.

—En realidad –prosiguió Charcot–, firmé la carta porque me parecía inhumano que mantuvieran al hombre, ya casi un anciano, en esa cárcel tan espantosa. ¿Cuál es su nombre?

—San Juan de Ulúa.

—La imágenes que Baudelaire publicó en su página de la red eran escalofriantes. Además, soy partidario de la libre determinación de las nuevas naciones. Tienen derecho a gobernarse sin la intervención europea. Ello, sin embargo, no me convierte en un simpatizante de la rebelión.

—Usted me ha recibido.

—Estoy dando audiencia a Mr. Smith, comerciante americano en pieles de oso.

Sebastián sabía que se enfrentaría a tal resistencia. Todo ciudadano francés ponía en riesgo su vida al involucrarse directamente con los enemigos de Napoleón III y sus intereses. Decidió buscar por otro lado.

—Bien, doctor, seré conciso. En el terreno práctico, ¿es posible digitalizar la personalidad de un individuo, como usted postula? ¿Perpetuar su existencia en la memoria de un cerebro mecánico?

—Eso es lo que sostengo –la actitud del médico cambió por completo al hablar de su obra–; desde luego, son elucubraciones teóricas. El procedimiento que he desarrollado con mis asistentes requiere necesariamente de la destrucción total del tejido nervioso, por lo que no existe voluntario que se preste al experimento. Hemos tenido éxito con simios, pero un ser humano... Sería necesario un enfermo desahuciado, alguien en fase terminal. Aun así, sería imposible garantizar el éxito de la digitalización...

—Doctor –Sebastián tragó saliva; pese al frío, un sudor nervioso perlaba su frente–, nosotros tenemos a ese voluntario.

La mirada de Charcot brilló.

Sin decir nada, ambos sabían de quién se trataba.

1866

¿Cómo no íbamos a perder, si prácticamente peleamos con piedras y palos contra las fuerzas de elite del Imperio Austro-Húngaro? Ahí donde derribábamos a uno de sus soldados mecánicos aparecían dos o tres nuevos homúnculos incansables. Nos bombardearon con fuego químico desde sus dirigibles y barrieron con obuses inteligentes nuestras rústicas barricadas. Los estragos de décadas de hambre, de ignorancia, dejaron sentir como nunca su peso en los hombres de nuestra más humilde tropa conformada por el vulgo, enfrentada a los superhombres del enemigo invasor. No tuvimos oportunidad; antes de que nos diéramos cuenta, la República había caído hecha cenizas mientras el gobierno usurpador erigía una monarquía ilegítima, ahí donde los padres de nuestra patria derramaron su sangre para darnos libertad. Vinieron tiempos oscuros, hermanos y hermanas, noches sin fin durante las cuales huimos del enemigo hasta ser apresados. Confinados al más humillante encierro en mazmorras destinadas a la escoria criminal, el sol pareció ocultarse para la nación sin que su brillo entre los barrotes de la cárcel diera consuelo a los nuestros. Algunos cayeron, cerraron sus ojos para siempre en la desesperanza del encierro injusto, como el compañero Miguel Lerdo de Tejada. Yo mismo temí no volver a respirar la brisa matutina sin grilletes que maniataran mis muñecas y tobillos.

Pero hoy, una nueva luz se dibuja en el horizonte de nuestra lucha. Hoy, la solidaridad internacional ha liberado a los nuestros del confinamiento humillante. Replegamos la rebelión hacia el exilio, en espera de mejores tiempos, para reagrupar nuestras fuerzas. Hoy, una brasa de esperanza da calor a nuestros corazones. No están solos, hermanos y hermanas. Vaya hasta ustedes un abrazo solidario, recuerden que no existe noche eterna.

DESDE ALGÚN LUGAR DE NORTEAMÉRICA
INGENIERO BENITO JUÁREZ, PRESIDENTE EN EL EXILIO

(Fragmento de la epístola eléctrica colocada en la página de la red de los rebeldes, cuyo acceso se castiga con la pena de muerte dentro del territorio del Imperio Mexicano.)

1872

En persona, Maximiliano I de México parecía mucho más alto que en las pantallas de los noticieros que se proyectaban en las funciones de las linternas mágicas y los telediarios. Su barba dorada comenzaba a encanecer, el rostro a surcarse por arrugas. Pero sus ojos, de un azul que recordaba el color del cielo minutos antes de caer un aguacero, conservaban una chispa juvenil que era más fácil de captar que de describir.

En actos oficiales, el monarca vestía el uniforme de gala del ejército mexicano, diseñado por la Emperatriz y confeccionado en Bruselas por el sastre de la familia real a la que ella pertenecía. En sus demás apariciones públicas se lo veía calzando botines italianos de diseño exclusivo, vestido de levita negra, con sombrero de copa, camisa de seda y pantalones grises, todo elaborado a la medida por su modisto de la casa Harrods, en Londres. En la intimidad de su despacho, el protocolo se distendía, permitiéndose una vestimenta informal, de acuerdo con las modas dictadas en París. Había veces, como ésta, que incluso usaba guayaberas de seda yucatecas, pantalones de algodón y huaraches idénticos a los de quienes cariñosamente llamaba «mis inditos», aunque de una talla que para éstos hubiera resultado descomunal.

Pese a su vestimenta informal, cuando el príncipe de Salm Salm entró a la oficina imperial encontró el semblante del monarca cruzado por la preocupación.

—¿La noticia está confirmada, Félix? –preguntó Maximiliano sin saludar. Frente al escritorio de caoba, el padre Agustín Fischer, secretario particular del Emperador, observaba al ministro del Interior con la misma preocupación en la mirada.

—Así es, Alteza. Lo he confirmado por telégrafo con los servicios de inteligencia franceses. No se trata de otro delirio de Alponte. Por algo confía en él el general Miramón.

—*Scheiße* –masculló el Emperador, contra la prohibición, impuesta por él mismo, de hablar en Palacio otra lengua que no fuera el castellano.

—El maldito indio no pudo escoger peor momento para morir… –comenzó a decir el sacerdote.

—Querrá usted decir el presidente Juárez, padre –corrigió Maximiliano, siempre atento a las formas.

—Comoquiera que lo llamemos, Su Majestad –intervino Salm Salm–, es claro que esto nos coloca en una disyuntiva.

—Desde luego, su muerte lo transforma en un mártir de su propia causa –repuso el cura–, aunque imagino que también irá extinguiendo a sus simpatizantes. Muerto el perro, se acabó la rabia.

—El cadáver de un enemigo nunca huele mal –citó el príncipe.

—Caballeros, me parece que nos estamos desviando. Dime, Félix, ¿se conoce el motivo del deceso?

—Sí, Majestad. El hombre murió por una complicación respiratoria, aparentemente una dolencia que adquirió en los calabozos de San Juan de Ulúa. Tenía sesenta y seis años.

—¿Seguía en Nueva Orleans?

—Sí, señor. El gobierno norteamericano, sin embargo, no ha emitido ninguna declaración oficial. La noticia ocupó un modesto lugar en la prensa local. Tuvo poca resonancia internacional.

—Su imagen estaba muy desgastada, Max –dijo el padre

Fischer–; tantos años de silencio, prometiendo un regreso que nunca cumplió. Muerto Baudelaire, se había quedado sin publirrelacionista.

—La pregunta, Su Majestad –dijo el ministro–, es la siguiente: ¿damos o no la noticia?

—Seguramente tendrá un efecto devastador en los rebeldes locales –respondió Fischer–, desmoralizará por completo a los subversivos.

—O les dará un santo al cual rezar –el Emperador sonaba sombrío.

—No blasfemes, hijo.

—Con las celebraciones de los diez años del Imperio en puerta, Alteza, es impredecible el efecto que la noticia tendrá en la población –Salm Salm tenía en mente las pintas que a últimas fechas aparecían como hongos en las paredes de la ciudad: «Viva Juárez». Era un fenómeno persistente pese a que el castigo a quien era sorprendido pintándolas consistía en el juicio sumario y la ejecución. Cada día parecían multiplicarse.

—Tarde o temprano se sabrá. Será mejor que nosotros emitamos una nota oficial antes de que los rumores se extiendan por las calles. Félix, comunícate con Aguilar y Marquecho –ordenó Maximiliano.

El príncipe no pudo decir «a la orden, Majestad» porque la puerta del despacho se abrió de golpe, sobresaltando a los tres hombres. En el umbral, una mujer desnuda, el cuerpo cubierto de una sustancia viscosa que parecía betún o melaza, con la palabra «vagina» escrita sobre el pecho con lápiz labial, los observaba desafiante.

«¡Carlota!», quiso gritar el Emperador, pero el nombre de su esposa se le ahogó en la garganta cuando ella comenzó a hablar con voz gutural, avanzando hacia los tres hombres con pasos solemnes, dejando un rastro de huellas negras en el piso de mármol.

—*Hay que dejarse crecer las uñas durante quince días* –comenzó a recitar la Emperatriz–. *¡Oh! Qué dulce resulta entonces arrancar brutalmente del lecho a un niño que nada tenga todavía sobre el labio superior y, con los ojos muy abiertos, simular que se pasa suavemente la mano por sus hermosos cabellos.*

La mujer llegó hasta el padre Fischer, que estaba paralizado de terror. Se sentó en su regazo para lamer lasciva la mejilla del sacerdote, quien sólo alcanzó a murmurar: «Déjala en paz, Satán». Ella continuó su letanía:

—*Luego, de pronto, cuando menos lo espera, hundir las largas uñas en su tierno pecho, cuidando de que no muera, pues si muriese, no se tendría más tarde el espectáculo de sus miserias.*

De un salto felino, Carlota se incorporó para trepar en el escritorio de su marido, y lo miró con la intensidad de una cobra a su encantador, el azul de los ojos brillando en su rostro ennegrecido, el betún escurriendo sobre los papeles del monarca en lentos hilos pegajosos.

—*A continuación se bebe la sangre, lamiendo sus heridas, y durante ese tiempo, que debiera ser largo como larga es la eternidad, el niño llora. Nada es mejor que su sangre extraída como acabo de explicar, y caliente todavía, salvo sus lágrimas, amargas como la sal.*

El primero en reaccionar fue el príncipe de Salm Salm, quien pulsó el botón de alarma. Segundos después, la guardia mecánica del Emperador, dos homúnculos de bronce, entraron al despacho, precipitándose sobre la mujer.

—¡No la lastimen! ¡Es la Emperatriz! –aulló Maximiliano.

—Llévenla a sus habitaciones, denle una dosis de morfina. Tiene que estar repuesta para la tarde –ordenó el ministro.

Al ser arrastrada, la Emperatriz fue dejando una estela grasosa en el piso. Durante el penoso trayecto, no dejó de aullar:

—¡¿No has probado nunca el sabor de tu sangre cuando, por azar, te has cortado un dedo?! ¡¿Qué buena es, verdaaaaaad?!

Cuando sus gritos se ahogaban entre los pasillos del Castillo, un pesado silencio caía en el despacho del Emperador. Éste, paralizado por la impresión que le causaban los cada vez más frecuentes delirios de su mujer, no pudo evitar que una lágrima escapara por sus mejillas, mientras el padre Fischer no paraba de santiguarse, rezando en latín.

El príncipe de Salm Salm no podía dejar de pensar que, de no haber desviado la mirada, habría visto cómo la Emperatriz, encaramada en el escritorio, hundía dos dedos en su pubis embadurnado.

1899

De las memorias inéditas de Sebastián Lerdo de Tejada, *presidente de México de 1874 a 1880:*

Muchas han sido las leyendas tejidas alrededor de la rebelión juarista. Muchas, las historias con las que el vulgo ha ornamentado la lucha de hombres y de mujeres patriotas que resistimos hasta el final. Muchas, las anécdotas que se han convertido en leyenda.

Ha llegado la hora de iluminar las sombras que enmohecen el recuerdo y lo vuelven difuso a la distancia de los años.

En el ocaso de mi vida, considero una obligación con la patria redactar estas memorias para lanzar un poco de luz sobre ese episodio fundamental de nuestra historia.

[...] Logré convencer al doctor Charcot de ayudar a la causa aunque no fue poca la dificultad. La primera parte de la misión estaba resuelta, pero tenía todavía por delante lo más complicado.

Para comprender un poco la situación, debe saberse que en aquel momento, cual Jonás en el vientre de la bestia, era yo un rebelde infiltrado en un país enemigo, improvisado en un artífice militar de la invasión a nuestra nación. En no pocas ocasiones me supuse perseguido por la policía secreta de Napoleón III. Y según pude comprobar años después, tras la firma de la paz con Francia, mi vida nunca dejó de correr auténtico peligro. Empero, hubo siempre algún retorcimiento del destino que actuó a favor mío y de la causa: una puerta que se entreabría para dejarnos escapar, un amigo espontáneo de la rebelión que me ocultaba en su buhardilla de Montmartre por algunos días y hubo también un maquillista de teatro que me inició en los misterios de su oficio, enseñanzas que me permitieron escabullirme más de una vez al cambiar de aspecto en los baños de una taberna o de alguna tienda de almacenes.

Asegurado el discreto contacto con el doctor, fue necesario meterlo clandestinamente a territorio americano, tarea que se complicaba debido al distanciamiento diplomático que existía entre nuestros vecinos y el gobierno napoleónico. Mientras la ocupación imperial usurpaba nuestro gobierno legítimo, las guerras intestinas sacudían a los Estados Unidos.

Era necesario crearles una nueva identidad al sabio y su asistente, siendo éste un muchacho casi niño, larguirucho, introvertido y poco dado a la conversación.

Del mismo modo, debíamos enviar por barco el voluminoso equipo experimental con que el doctor Charcot trabajaría en territorio americano, delicada maquinaria fabricada en Suiza bajo la supervisión del propio Charcot, quien había realizado con ella sus experimentos en simios.

Por razones de seguridad nosotros emprendimos el viaje hasta que se confirmó la llegada de la maquinaria a Nueva Orleans, enviada a nombre de una compañía fantasma que la rebelión utilizaba para sus transacciones comerciales desde hacía varios años.

Lo anterior nos proporcionó varios meses para disponer la partida, tiempo que por cierto no fue ninguna vacación en Europa.

Los compañeros de logística lograron proveernos de documentos falsos que acreditaban al doctor Charcot y al muchacho como Monsieur André Gürtler y su hijo, ciudadanos suizos cuya neutralidad política les facilitaba la movilidad entre continentes.

El siguiente paso fue alterar el aspecto de los científicos de tal forma que fueran irreconocibles hasta para sus más allegados. Con pretexto de asistir a un congreso médico en Viena, sabio y asistente fingieron partir hacia Austria, sólo para bajar del tren instantes antes de que éste partiera, engañando a sus respectivas familias, y se instalaron en el modesto hotel de Pigalle que la rebelión me financiaba con muchos apuros.

Nuestro eterno simpatizante, Monsieur Baudelaire, ya muy enfermo, se ofreció a asistirme en el teñido del cabello de nuestros amigos. El corte de cabello y el afeitado de su barba cambió a tal grado el aspecto del neurólogo, que de toparse con su propia madre, ésta no lo hubiera reconocido.

El mismo Jules Verne habría podido componer uno de sus romances científicos con las aventuras que pasamos desde el instante en que abordábamos el buque *Marie Eugénie*, cuando un comisario aduanal pareció dudar ante los documentos del joven asistente de Charcot, minuciosamente falsificados por un maestro grabador de la casa de moneda de la República (cómo hicimos llegar al artista desde el pueblo de Tacuba hasta Nueva Orleans podría ser por sí solo una novela de Salgari). Pasamos también días de angustia cuando descubrimos la presencia de un agente imperial mexicano a bordo del buque, espía de quien tuvimos que ocuparnos Monsieur le Docteur y yo, arriesgando nuestra vida, hasta el desembarco en las costas de la Luisiana, semanas después, para finalmente encontrarnos con el comité clandestino rebelde, en plena agonía del señor Presidente.

Sólo hasta que descendíamos del buque en Nueva Orleans, sabiéndonos a salvo, comencé a intimar con el asistente del doctor Charcot. Nunca había tardado tanto en preguntarle a alguien su nombre. Su verdadero nombre.

—Sigmund Freud, señor –contestó en un inglés casi tan torpe como el mío, sonriendo por primera vez desde que lo había conocido.

1872

COMO TODAS LAS NOCHES EN TODOS LOS HOGARES mexicanos, a las ocho y cuarto los televisores mostraron en sus redondos monitores el escudo de armas nacional mientras se escuchaba la marcha imperial mexicana. Tras unos compases, durante los cuales los ciudadanos patriotas y temerosos de Dios se ponían de pie, se escuchaba una voz engolada que anunciaba:

—Damas y caballeros, el noticiero imperial mexicano.

A continuación aparecía en la pantalla el rostro de un

hombre en el umbral de la senectud, al que un letrero compuesto en modernos caracteres egipcios identificaba como don Ignacio Antonio Aguilar y Marquecho. Era un hombre de gesto adusto, poco dado a la sonrisa, el rostro enmarcado por unos enormes audífonos, y que noche tras noche daba las noticias oficiales del Imperio del Anáhuac.

—Señoras, señores, buenas noches, buen provecho si ya merendaron, *bon appétit* si se disponen a hacerlo –saludó el comunicador como hacía siempre–; éstas son las noticias del Imperio.

Entonces llenaba la pantalla la imagen de un alegre campesino que zafraba caña de azúcar con un machete. La voz de Aguilar y Marquecho indicaba entonces los productos agrícolas que habían aumentado su producción y en qué porcentaje, mientras las cifras se encimaban sobre el agricultor. Pocos sabían que la imagen, que se repetía en sus monitores en cada emisión del telediario, era en realidad la de un marinero marroquí, seleccionado por una agencia de publicidad parisina que había grabado el segmento a las afueras de La Habana.

Después de las cifras agrícolas venía la agenda imperial, que daba cuenta de las actividades de Su Majestad:

—Esta mañana, el Emperador de todos los mexicanos tuvo una junta privada con sus más cercanos colaboradores, para después recibir la visita del ingeniero Ferdinand duque de Lesseps. Como se sabe, este eminente técnico supervisa actualmente la construcción del canal de Tehuantepec, que unirá los océanos Atlántico y Pacífico. Un auténtico prodigio del ingenio humano,

En la pantalla, Lesseps estrechaba la mano de Maximiliano I, después se les veía charlando en el despacho del monarca. Nadie escuchó las amargas quejas del francés por la guerrilla indígena, que impedía los avances satisfactorios de la obra.

—Por la tarde, en compañía de la Emperatriz, Su Majestad inauguró el nuevo orfanatorio de San Fernando, en el pueblo de Tlalpan, administrado por la orden de las hermanas capuchinas. Como se sabe, el antiguo convento de esta orden fue derruido por la intolerancia y el anticristianismo del antiguo régimen en 1861.

Mientras el periodista hablaba, Maximiliano y Carlota se veían cortar un listón inaugural, rodeados de religiosas y ministros entre los que se distinguía el padre Fischer. En la siguiente toma, la Emperatriz acariciaba a un niño huérfano en el pecho. Su mirada era ausente, la sonrisa glacial.

El noticiero tampoco mostraba a los manifestantes inconformes que se habían apelotonado fuera del orfanato con pancartas que exigían la libertad a los presos de conciencia, y menos cómo la policía montada antimotines arrasaba con ellos.

A mitad de la emisión, Aguilar y Marquecho preguntaba al público:

—La encuesta de esta noche es la siguiente: ¿está usted de acuerdo en que se rediseñen los uniformes de las fuerzas armadas para los festejos de los diez años de la Corona? Si su respuesta es sí, marque el siguiente número…

Tras la encuesta venía la larga sección de sociales y espectáculos, por donde desfilaban los mismos rostros de la oligarquía mexicana una noche tras otra. Una boda entre las familias Betancourt y Lascuráin, una tamaliza en la hacienda de los Corcuera, la presentación en sociedad de una de las Espinosa de los Monteros, el estreno de la última cinta francesa sobre la construcción del canal de Suez en las linternas mágicas de la ciudad, la inauguración de la temporada de zarzuela en el teatro Lírico, la recepción de la semana en alguna de las embajadas. Y así se sucedían las crónicas rosas hasta llegar al final del programa.

En esa ocasión, esa noche tan sólo, el severo rostro del presentador habló para dar una nota más, un mínimo colofón al acabar las noticias:

—El día de ayer, el ingeniero Pablo Benito Juárez García murió de una angina de pecho en la ciudad de Nueva Orleans, Luisiana, en donde permaneció oculto tras ser desterrado del Imperio. Juárez García fue el último presidente del antiguo régimen. *Requiescat in pace.* Buenas noches.

1871

—Será la libertad —dijo uno de los encapuchados, dando por iniciada la sesión.

—O será la muerte —contestaron a coro todos los presentes, incluidos los dos extranjeros. Las luces se encendieron, todos se quitaron las máscaras. El primero en hablar había sido don Guillermo Prieto.

El comité clandestino de la rebelión se había reunido en sesión extraordinaria en uno de los auditorios de la escuela de medicina de la Universidad de Nueva Orleans, una facilidad obtenida con dificultad apelando a los viejos contactos en el gobierno norteamericano que le quedaban a la rebelión.

Instalados en las butacas, la atención de los liberales mexicanos se concentraba en la máquina.

Era ésta como el esqueleto de una gran ave, con miles de engranes que controlaban el movimiento de sus extremidades metálicas. Un mecanismo de relojería perfectamente sincronizado, dirigido por un cerebro mecánico, manipulaba la navaja en forma de guadaña en que terminaba el brazo metálico, así como los delicados tentáculos de metal que llevaban lo cortado por el sable hasta una placa de vidrio en el vientre de la máquina.

Sebastián Lerdo de Tejada carraspeó para llamar la atención de sus compañeros de lucha y ahogar sus rumores.

—Caballeros, la hora de la verdad ha llegado.

En ese momento, una camilla entró al quirófano, llevando al deteriorado presidente Juárez. Pese a la enfermedad, la mirada del viejo conservaba su feroz agudeza. Las dolencias físicas habían mermado su cuerpo, no así su mente, que se mantenía lúcida. Eso era lo que trataban de aprovechar.

—Eh… dejo la palabra al doctor Charcot –y Sebastián se retiró a un rincón.

El francés había aprendido a amar a estos hombres, que años antes habían sido acomodados funcionarios del gobierno republicano y que ahora lo habían sacrificado todo por su lucha, una batalla desigual contra las potencias europeas que no podían más que perder. A menos que sucediera *algo*, y para eso estaba aquí Charcot.

—Señores, seré breve –su castellano había mejorado notablemente, si bien las erres guturales lo traicionaban–: estamos a punto de presenciar un acontecimiento histórico. Atestiguarán ustedes la primera digitalización de una mente humana. Para mí es un honor que el voluntario haya sido su líder, un hombre extraordinario por donde se le vea. No los abrumaré con tecnicismos. El proceso consiste en lo siguiente: tras adormecer al paciente con morfina, trepanaremos cuidadosamente el cráneo, retirando la calota para dejar al descubierto el tejido cerebral. Nuestra máquina procederá entonces a hacer finísimas incisiones de menos de medio milímetro de anchas en el cerebro de Monsieur Juárez para después llevar las, eh… llamémoslas rebanadas, a esa placa de vidrio, donde se les tomará un daguerrotipo detallado que después será leído y analizado por el cerebro mecánico del aparato, para rearmar la mente del voluntario dentro de su memoria, convertida en un archivo digital en tres dimensiones. Si todo sale bien, tendremos un modelo electrónico de la mente del presidente Juárez con sus recuerdos, sus sueños, sus miedos, sus ideas…

—¿De qué servirá eso? –interrumpió desde el fondo Mariano Escobedo, un estratega excepcional, consejero militar de la rebelión, quien apenas sabía poco más allá del oficio de las armas.

—En primer lugar, salvaremos de la muerte inminente a *nuestro* líder –el sabio dijo la palabra «nuestro» con total convencimiento–; prácticamente le estaremos otorgando vida eterna. ¿Se imagina? El presidente Juárez será un ente inteligente en el mundo de las redes digitales. Podría infiltrarse en los sistemas electrónicos del enemigo, causando pérdidas de archivos, órdenes equivocadas y caos administrativo. ¡Un ataque devastador sin necesidad de ejércitos! Sería como un… como un virus incurable.

—¿Y si todo sale mal? –porfió Escobedo.

—Entonces tendremos un cadáver con la masa encefálica desecha. ¿Procedemos, Monsieur le President? –dijo, dirigiéndose a Juárez.

Desde su camilla, don Benito dirigió una mirada a Sebastián. En todos los años de conocerlo, Lerdo de Tejada jamás había visto tal expresión de miedo en su líder, ni siquiera cuando estuvo a punto de ser fusilado en Guadalajara. Juárez era un indio recio y orgulloso. Había que darle una respuesta a su altura.

—Ahora o nunca, señor Presidente.

El héroe zapoteca volteó hacia el médico francés y asintió con serenidad. Luego cerró los ojos por última vez.

—Inicie secuencia, Sigmund –ordenó Charcot a su asistente.

Los engranes comenzaron a girar.

1873

Doce de junio.

El gran día.

Diez años del Imperio.

La fiesta más importante de la vida de Maximiliano I de México y, sin embargo, todo estaba saliendo mal.

Aquella mañana, al ducharse, el Emperador descubrió que no había agua caliente en el Castillo de Chapultepec. Los sistemas hidráulicos de Palacio, controlados por el cerebro mecánico central, simplemente se negaron a escupir otra cosa que no fuera agua helada.

Los días de campaña en la marina le habían enseñado a resistir esas carencias, no así a la Emperatriz, a quien el baño frío produjo una aguda recaída de ánimo.

Mientras el valet imperial vestía al monarca, éste podía escuchar a su esposa emitir unos alaridos pavorosos desde la tina.

—Quizá sería buena idea administrar una pequeña dosis de morfina a Carlota, padre –murmuró a su secretario particular con los ojos cerrados–. Tan sólo un golpecito.

—Lo dispondré de inmediato, Max –repuso Fischer, dando de inmediato la orden a un androide enfermero. Sin embargo, éste fue hacia ella y le propinó una bofetada que derribó inconsciente a la Emperatriz.

El jefe de sistemas de Palacio no podía explicar el equívoco funcionamiento del androide, que fue desactivado en el instante a patadas por el propio Emperador.

Todo parecía estar en su lugar, pero salía mal.

Una hora más tarde, el príncipe de Salm Salm sugirió de última hora cambiar los planes, de manera que el Emperador no encabezara el desfile militar que iría del Castillo de Chapultepec hasta la Plaza Mayor de la ciudad.

—Le sugiero que lo presida desde el balcón imperial, señor; todas estas fallas me parecen muy sospechosas –murmuró el ministro al oído del Emperador mientras éste intentaba beber un líquido inmundo que la cafetera había vomitado en la taza de Maximiliano.

Al ver a las damas de compañía esforzarse en disimular el moretón en el rostro de Carlota, el Emperador decidió que era mejor no arriesgarse a sufrir ningún atentado. Estarían más seguros en el balcón.

—Félix –dijo a su ministro–, comunícame con el general Miramón. Quiero que redoblen la seguridad.

—Sí, Su Majestad.

La llamada tardó más de quince minutos en conectar con el secretario de Guerra. La plática resultó prácticamente incomprensible por la estática que chasqueaba a través de la línea.

—Algo está pasando, Padre –dijo nervioso el Emperador a Fischer, instantes antes de salir al balcón–, y no me gusta nada.

El sacerdote sólo alcanzó a murmurar una respuesta incomprensible. El miedo podía leerse en su rostro.

Sólo hasta que Maximiliano Primero de Habsburgo, Archiduque de Austria, Emperador de México y el Caribe, salió al balcón del Castillo de Chapultepec, acompañado de una Emperatriz Carlota Amalia completamente sedada, comprendió la dimensión de lo que ocurría en ése su Imperio, que de pronto no parecía tan próspero ni tan pacífico como lo declaraba todas las noches el noticiero oficial, o como lo pregonaban la prensa oficialista y los voceros del gobierno.

Ante los ojos aterrados del monarca, uno de los dirigibles que desfilaban en los cielos a la par de las fuerzas armadas se desplomó pesadamente sobre la vanguardia del ejército imperial mexicano, aplastando al primer batallón de soldados mecánicos, al secretario de Guerra y al subsecretario Mejía, junto con la plana mayor de oficiales de la armada imperial.

El dirigible estalló en llamas donde el propio Emperador encabezaría a su ejército, frente a una multitud que huía del fuego, despavorida.

La confusión de Maximiliano aumentó cuando escuchó repiquetear su teléfono portátil. Sólo Carlota, el padre Fischer y Félix de Salm Salm tenían acceso a la línea directa que comunicaba con su aparato. Los tres estaban ahí, junto a él, observando cómo el caos se apoderaba de la ciudad.

Aturdido, Maximiliano contestó.

—Diga.

Era una voz conocida, su tono grave y severo, inconfundible, si bien con cierta reverberación metálica que la hacía sonar artificiosa, mecánica. Inhumana.

—Señor Maximiliano. Nos volvemos a encontrar.

—¿Juárez?

—Hasta yo mismo pensé que jamás volvería a pisar mi suelo, a oler mi tierra. Bueno, no creo volverlo a hacer, no en las condiciones en que me encuentro. Pero he vuelto.

—¡No puede ser! ¡Usted está muerto! ¡Vi las fotos que tomaron mis agentes en Nueva Orleans!

—Mi querido Emperador, perder una batalla no es perder la guerra. Esta vez, los rebeldes llevamos la ventaja. Recuerde que la mala yerba no muere. Sólo se… digitaliza.

—¿De qué habla usted? ¡¿Juárez?! ¡¡Hable!!

La comunicación se había cortado.

Fue el padre Fischer quien llamó la atención de Maximiliano hacia el cielo.

En cada uno de los dirigibles, la imagen del sonriente Emperador se desdibujaba para ser sustituida por el rostro adusto de un indio zapoteca. La frase «1863-1873: diez años de prosperidad» desapareció para formar las palabras «México para los mexicanos».

Maximiliano pudo escuchar cómo allá abajo, en el Paseo Imperial, la muchedumbre rompía en un aplauso ensordecedor mientras en cada una de las pantallas el rostro de Juárez sonreía, ladino.

(Con el perdón del Conde de Lautréamont.)

II

LAS ENTRAÑAS ELÁSTICAS DEL CONQUISTADOR

A Gerardo Horacio Porcayo

EL CONTADOR RABINDRANATH JIMÉNEZ RECHECÓ los datos que le ofrecía la micropantalla instalada en su retina. Aparentemente el planeta en cuestión era rico en cobre. *Extraordinariamente* rico. Confirmó una última vez los informes que había devuelto la sonda mandada por la Corporación. La imagen de video mostraba un mundo lleno de montañas rojizas. No podía creer tanta riqueza en tan poco cuerpo celeste. Deletreó mentalmente la palabra APROBADO, misma que apareció, parpadeante, en el micromonitor. Luego ordenó a su nanoprocesador neuronal mandar la información al presidente de HumaCorp, su Corporación. La responsabilidad de la Oficina de Evaluación de Proyectos, a su cargo, había concluido.

El mensajero de las estrellas descendió de las alturas, envuelto en fuego y humo. Su llegada fue tan violenta que dejó una cicatriz sobre la piel de la Madre Tierra. Al poco tiempo se desprendió de su crisálida de metal y salió a recorrer el mundo, escuchando el silbido del viento con sus muchos oídos, bebiendo

*el agua que cae del cielo con sus múltiples bocas, hundiendo
todos sus brazos en el suelo, escudriñando el horizonte con nu-
merosos ojos de cristal. Lo observábamos a la distancia, sin
poder creer que los dioses fueran capaces de crear seres tan
burdos, de torpe andar y desgarbados movimientos.*

*Entonces llegó el día en que el mensajero elevó su canto a
los cielos.*

Les habló a los dioses sobre nuestro mundo.

En ese momento supimos que Ellos vendrían.

Dos días más tarde, el Consejo Administrativo de Huma-
Corp se reunió a discutir los detalles del proyecto.

—¿Cómo se llama el planeta? –preguntó el presidente
del consejo, ingeniero Cuitláhuac Kobayashi.

—Aún no ha sido oficialmente bautizado –respondió Jiménez–, pero nuestro Departamento Astronómico lo llama cariñosamente «El Niño».

—¿Dice que está en un sistema binario?

—Sí, señor.

—¿Y es... *extraordinariamente* rico en minerales de nuestro interés?

—Efectivamente.

—¿No está demasiado alejado de nuestro planeta corporativo? –preguntó Geggel Gottfrey, director de Planeación,
con la llana intención de molestar al gerente de Evaluación.

—Así es, sin embargo el departamento de Operaciones y
Recursos ha logrado establecer una ruta rapidísima, aunque poco transitada.

—Eso implica el riesgo de que nuestros cargueros sean
asaltados por piratas, ¿no? –porfió, incisivo, Gottfrey.

—Me parece –contestó Jiménez, mordiendo furioso cada

palabra– que el licenciado Musálem le puede informar respecto a la amplia cobertura del seguro con que protegemos nuestros cargueros –cedió la palabra a Omar Musálem, representante legal de la Corporación.

—Lo que dice el contador Jiménez es verdad, hemos llegado a un, digamos, ventajoso acuerdo con la aseguradora, lo que nos permite una serie de, mmm, privilegios sobre el resto de las compañías transportistas.

—Y eso, ¿es legal? –preguntó Gottfrey.

—Nosotros decidimos qué es legal y qué no –dijo Kobayashi. Nadie se atrevió a contradecirlo. A continuación preguntó:

—Díganos, Johannsen, ¿qué tan grandes son los riesgos de inversión?

El director de Finanzas carraspeó antes de hablar, luego recitó una serie de datos en jerga de economista que resultaron tan comprensibles al resto de los miembros del Consejo como si les hubiera hablado en arameo antiguo. Al final agregó:

—No sólo es viable, sino altamente rentable –lo cual entendieron todos.

—Señores, supongo que estamos ante un proyecto nuevo. Esto debe ser celebrado –dijo Kobayashi. Se disponía a dar por terminada la sesión, cuando el marciano levantó la mano.

Onìm Dö era el único de los miembros del Consejo que no era nativo de la Tierra. Natural del planeta rojo, descendiente de terrícolas, había visto cómo éstos depredaron por completo su propio planeta, por lo que le horrorizaba pensar que hicieran lo mismo con el suyo. Era el asesor de HumaCorp en el área ecológica. Un exactivista al que la

Corporación había cooptado con un sueldo de ejecutivo a cambio de que dejara su lucha y acudiera esporádicamente a juntas en las que nadie lo tomaba en cuenta. Como no hablaba terrícola, Dö se había pasado toda la reunión tratando de descifrar lo que le decía el chip de traducción simultánea que tenía insertado en el cráneo. Cuando supuso que la sesión se daba por terminada, levantó la mano. No le importó que todos voltearan a verlo con enfado. Kobayashi le concedió la palabra.

—Perdona que marciano molesta contigo. Sólo una cosa quiere preguntar yo. ¿Este planeta ya no habitado o todavía?

—La sonda detectó fuertes señales de actividad orgánica, pero jamás ha captado en video seres vivos –contestó Jiménez.

—Eso nunca ha sido un problema para nosotros –remató Kobayashi. Declaró terminada la junta mientras, detrás de su aspecto de ejecutivo cruel, un sentimiento se agitaba incómodo.

Vimos al mensajero de las estrellas elevar hacia el firmamento su suave canto durante días y noches enteras, sin que los cielos le contestaran. Acaso los dioses a los que sirve son cortos de oído. Pero un día llegó una respuesta desde las alturas, en el mismo lenguaje del mensajero. Entonces enmudeció, parecía como si se hubiera sentado a aguardar a sus señores. En el sueño de la espera se apagó el brillo de sus ojos de vidrio, no volvió a retozar torpemente por nuestros valles, ni a hundir sus brazos en el suelo.

Y vino el agua que cae del cielo y herrumbró su coraza metálica.

Y vino el viento y llenó de arena su vientre.

Y un día la Madre Tierra lo acabó de engullir por completo. Del mensajero de las estrellas no quedó sino el recuerdo y la promesa de que algún día nos visitarían aquellos que lo enviaron.

Desde su oficina, en el piso 672 de las oficinas centrales de la Corporación, Cuitláhuac Kobayashi observaba por el ventanal polarizado cómo la Ciudad se extendía más allá del horizonte con miles de torres de cristal compitiendo por el título de la más majestuosa; sin embargo, ninguna de ellas era capaz de superar al edificio con forma de anémona de HumaCorp.

Kobayashi pensó en su secretaria, y al instante la imagen holográfica de LoLa, una legendaria cantante post-pop de tiempos de su padre, apareció en su pantalla retinal. Había heredado sus servicios junto con la empresa.

—A sus órdenes, ingeniero –dijo la inteligencia artificial.

—Layla, autoriza la *operación limpieza* para el planeta El Niño y cancela mis citas para el resto del día. Luego, me inicias una fantasía de sueño eléctrico relajante; tú te puedes desconectar por el resto la tarde.

—Muy bien, ingeniero. ¿La fantasía de la playa está bien?

—Perfecto, nos vemos mañana.

Cuando la Inteligencia Artificial se desinterfazó, Kobayashi, el hombre más rico del sistema solar, se sumergió en un sueño eléctrico que simulaba una playa limpia y soleada, como ya no existían, con la esperanza de ahogar en ese mar falso toda la culpa que en secreto lo abrumaba: la responsabilidad de ser, indirectamente, el asesino múltiple más peligroso de todo el universo.

Clemente estaba por inyectarse en la yugular con una pistola hipodérmica cuando el bip del videófono celular retumbó en su cráneo.

—¿Qué? –contestó, malhumorado.

—Tienes trabajo –le contestó la imagen de Layla desde una pantalla de cristal líquido instalada en el interior de sus globos oculares–, pasarán por ti en dos minutos –y cortó.

Molesto, el mercenario dejó a un lado la jeringa cargada de psilocibina, se puso una chamarra de neopreno y salió de su departamento hacia la azotea del edificio. Las órdenes se acatan, no se discuten. En ciento veinte segundos exactos, un aerocar de HumaCorp recogió a Clemente para transportarlo al espaciopuerto, donde esperaba un transbordador que lo llevaría hasta la nave espacial que ya aguardaba en órbita. Durante el recorrido, el piloto del vehículo no dejaba de ver con fascinación a su pasajero, un hombretón rapado con una serpiente tatuada en la cabeza, que fumaba sin cesar, como si fuera su última cajetilla.

De hecho lo sería, al menos por varios meses.

Horas después, con Clemente instalado en estado de hibernación, la computadora central de la nave recibió la orden de entrar en acción. Le fueron enviadas las coordenadas del planeta junto con las instrucciones de hacer una *limpieza total*. Todos sus sistemas, aletargados en *stand by* desde la última misión, se activaron. No era un carguero, ello saltaba a la vista aun para quienes no fueran expertos en naves espaciales; en éstas, la tendencia de diseño reinante era imitar la morfología de ciertos moluscos mutantes del océano Pacífico. Este caso particular era la abstracción estilizada de un pulpo con los tentáculos estirados hacia atrás. Lo que delataba la naturaleza bélica del navío eran todos los cañones láser que, desde lejos, le daban un aspecto cactáceo.

A diferencia de las naves militares, en su interior no descansaban soldados en suspensión criogénica, sino un regimiento de robots programados para eliminar toda forma de vida no útil a la Corporación. Es decir, todas aquellas que se encontraran en cualquier planeta que HumaCorp decidiera explotar.

Por supuesto, la existencia de tal nave era un secreto para Onìm Dö y el resto de la opinión pública. La mayoría de los planetas explotados por HumaCorp eran desiertos, comúnmente con atmósferas tóxicas de amoniaco o ácido clorhídrico. Sin embargo, había excepciones; este caso era una de ellas. A la Corporación le salía más barato y le tomaba menos tiempo eliminar a todos sus habitantes que el costoso y molesto papeleo que establecía el protocolo de la Federación Estelar para la explotación comercial de planetas habitados.

Por eso mandaba sus sondas exploradoras hacia la periferia del universo conocido.

Por eso tenía a Clemente en su nómina como técnico operador del ejército de robots *limpiadores*.

Así, la nave que algún ejecutivo pedante había bautizado como *Argos* fijó su curso hacia el planeta que algún astrónomo cretino había nombrado «El Niño».

El anciano Chamán levantó la cabeza y olisqueó el viento. Soplaba una brisa suave, que apenas refrescaba el calor de los soles gemelos que brillaban furiosos en el cenit. La expresión inescrutable del Chamán fue sustituida por un rictus de preocupación, que no dejamos pasar inadvertido.

—Maestro, ¿qué sucede? –preguntó el más joven de nosotros.

—Ya vienen –contestó el anciano.

Volvimos a nuestra meditación sin comprender la angustia del Chamán.

Cuitláhuac Kobayashi tragó en seco las pastillas para dormir y se recostó en su cama rellena de tibio gel, bastante grande para el cuerpo de un solo hombre pero excesivamente pequeña para contener toda la soledad que lo abrumaba.

Tuvo de nuevo aquel sueño. Aunque su nanoprocesador neuronal mandaba señales a una computadora que monitoreaba sus ondas cerebrales para despertarlo automáticamente en caso de excesiva perturbación, esa pesadilla había aprendido a burlar la vigilancia electrónica.

Se veía a sí mismo desnudo bajo una lluvia torrencial, caminando sobre los cuerpos despedazados de millones de seres, que a pesar de estar muertos se quejaban ante el peso de Kobayashi. No sólo eran cadáveres humanos, sino de todas las morfologías conocidas por el soñador, y aun creaturas que ignoraba ser capaz de imaginar con su mente práctica de ingeniero. A continuación comenzaba un murmullo, sutil al principio, pero que aumentaba de volumen e intensidad.

«Tú, tú, tú, tú, tú, tú…», lo acusaban a coro todos los muertos.

En el momento en que los cuerpos desmembrados parecían reanimarse para atacarlo, Kobayashi despertaba con un alarido, empapado en sudor, sin que la maldita computadora hubiera registrado nada.

Eso era noche tras noche.

Clemente no sintió la salida del *Argos* del hiperespacio por hallarse en animación suspendida. Cuando la computadora central le indicó que se aproximaban al Niño, se hallaba en medio de una fantasía en la que hacía el amor con doce mujeres de piel azul y cabelleras plateadas, un sueño eléctrico muy de moda en los burdeles virtuales. Era el único ocupante humano de la nave y, pese a todas las misiones de *limpieza* que había realizado, no le agradaba despertar para encontrarse en un navío desierto.

Como de costumbre, se halló con que su barba y su cabello habían crecido bastante durante los dos meses de viaje. Tardó tres días en salir por completo de la modorra de la hibernación, tiempo que aprovechó para afeitarse rostro y cráneo. Para cuando se hubo recuperado por completo, la nave ya orbitaba alrededor del objetivo.

Se trataba de un gran planeta rojo, de unas dieciséis veces el tamaño de la Tierra, que daba vueltas alrededor de dos soles gemelos que irradiaban luz blanquiazul, en uno de los sectores más remotos del espacio explorado, de esos que ni siquiera habían sido debidamente cartografiados. A Clemente, el nombre de «El Niño» le pareció absurdo para un cuerpo celeste tan imponente, pero a fin de cuentas le daba igual *limpiar* planetas gigantes que asteroides enanos: para él no eran sino sitios ocupados por seres indeseables que sólo merecían ser eliminados. Se deslizó dentro de su exoesqueleto, traje especial relleno de un coloide superdenso, que le permitía moverse cómodamente bajo cualquier gravedad, y bajó a revisar los robots.

Eran guerreros metálicos de tres metros de alto; su diseño se había inspirado en las armaduras de los samuráis japoneses. Habían sido fabricados con una aleación secreta de cuya composición lo único que sabía Clemente era que contenía titanio; su aspecto exterior era de metal rugoso y oscuro. Formaban el regimiento más temible del universo conocido, sin embargo su existencia era un secreto. En más de una ocasión los pocos militares de alto rango que sabían de este ejército de elite habían solicitado sus servicios a HumaCorp como recurso bélico definitivo, pero ésta se había negado sistemáticamente. Era demasiado peligroso en manos castrenses.

Cada guerrero escondía un arsenal mortífero bajo su epidermis metálica, desde rociadores de ácido y cañones láser hasta cargas de bacterias asesinas y detonadores nucleares.

Clemente hizo un recorrido rutinario de inspección entre sus androides dormidos. Cada uno tenía un sistema de automantenimiento que conservaba sus mecanismos perfectamente calibrados, las articulaciones lubricadas y los nanoprocesadores de inteligencia artificial trabajando. El técnico comprobó que todo estaba funcionando perfectamente, luego mandó un reporte automático a la Corporación.

Sólo restaba esperar la confirmación de la orden para planetizar y ponerse a trabajar.

No nos quedó duda de que eran los dioses mismos cuando apareció un nuevo astro en los cielos. Regalaron a nuestros cielos un sol joven que, desde lo alto, entonó un canto solitario que nos sonó dulce y antiguo.

—¿Ingeniero? –preguntó la Inteligencia Artificial desde la retina de Kobayashi.

—Dime, Layla.

—El *Argos* está orbitando el planeta El Niño. Solicita confirmación de orden de *limpieza*.

—Autorízala, Layla.

—Bueno, chavos, a desquitar la quincena –dijo Clemente a su legión metálica. Luego activó el programa de planetizaje automático de la nave, seguido del de *limpieza total* de los robots. Se acomodó en su traje, que igualaba en altura a los androides, se colocó al frente del ejército y sonrió. Era hora de divertirse.

Fue entonces que los dioses contestaron al sol joven, y éste comenzó a descender, con un rugido ensordecedor que no nos dejó duda de que era un himno de guerra.

Sentimos miedo, pero el Chamán nos ordenó permanecer en meditación, poner la mente en blanco, ignorar el canto bélico para concentrarnos en la brisa que silba y mece las arenas, hacernos uno con la Madre Tierra y esperar.

—Layla.

—Dígame, ingeniero.

—¿Hace cuánto tomé mi última sesión de sueño eléctrico?

—Dos meses, señor.

—Prográmame una para hoy.

—¿La de la playa, ingeniero?

—No, hoy quiero volar.

—Muy bien, señor.

—Ah, Layla...

—¿Sí?

—Prepárame un café.

«¡Yiiiiijaaaaaaaa!», gritó Clemente cuando se abrió la compuerta de la nave, después de haber planetizado. Era el primer ser humano que veía ese paisaje árido y montañoso brillar bajo la luz de los soles gemelos. Pero eso no le interesaba. Dio a los robots la orden de avanzar. Quería matar.

El vientre del sol joven se rasgó, de él descendieron miríadas de seres metálicos, guiados por uno que era diferente de los demás. Supusimos que sería su líder, por lo que el Chamán se acercó a él. En cuanto lo vieron aparecer, se detuvieron a observarlo. Nuestro maestro elevó sus brazos en un gesto de paz y buenaventura.

Comenzaron a disparar.

Una cosa era ser un ejecutivo agresivo. Las finanzas y negocios interplanetarios eran una jungla. Sólo los más fuertes sobrevivían. HumaCorp se había construido desde doce generaciones atrás por hombres duros, fríos y calculadores. Cuitláhuac Kobayashi no era así. Él no había solicitado nacer en la cuna de esa familia de empresarios ni había pedido abandonar su vocación de historiador para hacerse ingeniero y heredar las riendas de la empresa. Pero sobre todo jamás solicitó ser el responsable de la exterminación de los habitantes de más de una docena de planetas *extraordinariamente* ricos en minerales explotables. El gerente general de la Corporación disolvió un veneno de efecto retardado en su café. Lo bebió tranquilamente, ordenó a

Layla que activara el sueño eléctrico y que luego se desconectara «por toda la tarde».

Al volar por un cielo azulísimo, como ya no existían en su planeta natal, sintió por primera vez que dejaba atrás el delito de ser un asesino de planetas; aleteó hacia el horizonte que se dibujaba en la lejanía. Sabía que jamás lo alcanzaría, pero no le importaba.

Al día siguiente, su cadáver fue encontrado con una sonrisa.

Clemente alcanzó a transmitir a la Corporación: «¡Es un gigante! Repito, un gigante, como en los cuentos de hadas. Jamás había visto nada así, parece una montaña que se mueve hacia nosotros. Ordeno retirada para volver con refuerzos. ¡Nos ataca! ¡Compañía, abran fuego! !Fueg…!».

Luego, sólo estática.

No fueron los dioses, sino algo inferior a los dioses, seres llenos de maldad, iguales a los que dejamos atrás, en nuestro planeta natal. Una vez más, la esperanza de poder vivir en paz, meditando en este santuario, se ha visto rota. La vana ilusión de habernos encontrado con los dioses se ha desvanecido. El Chamán tuvo que aplastar a estos conquistadores como a todos los anteriores, dejando que sus entrañas elásticas se secaran al calor de los dos soles. Luego el viento se encargó de cubrirlos de arena hasta que la Madre Tierra se los tragó, junto con el sol joven.

Regresamos a nuestras posturas de meditación.

Jamás hemos vuelto a escuchar su canto desde las alturas.

Ni el de los dioses.

CARNE Y METAL

A Karen Chacek y Samanta Schweblin

—PERO ENTONCES, ¿CÓMO ERA MADRETIERRA? –volvió a preguntar el niño.

Con paciencia menguante, el robot niñera comenzó a explicar de nuevo:

—Se trata de un cuerpo geoide…

—Sí, sí, eso ya lo sé. Lo del agua y todo eso. Que de ella provienen nuestros Padres Exploradores. Que mecas y carbos provenimos de los humanos que salieron de ahí, que no eran ni uno ni otro todavía…

—Entonces ¿qué quieres saber? –interrumpió el androide.

—Eso. ¿Cómo era? ¿Qué se siente cuando el aire corre por tu cabello? ¿Cómo se siente el agua al deslizarse entre tus dedos?

El robot dejó escapar un zumbido electrónico que equivalía a un suspiro. Después de doscientos años educando niños mecas, sus algoritmos de aprendizaje comenzaban a integrar las conductas que veía en sus amos.

—Ésas parecen preguntas que haría un niño carbo –dijo.

El niño pareció avergonzarse. El robot añadió–: pero veamos de nuevo…

En el principio fue el hombre. Y el hombre creó a la máquina. Y vio el hombre que la máquina era buena. Juntos recorrieron el sendero y exploraron el abismo, se elevaron por los cielos y…

—¡Y juntos, hombres y máquinas logramos abandonar el planeta primero y luego el sistema solar! –recitó el niño su parte favorita. El robot prosiguió:

…y cuando el hombre vio que podía integrarse a la máquina, construyó prótesis e interfaces para hacerse uno con ella. Y la carne y el metal, la sangre y el plástico se fundieron en un solo cuerpo perfecto. En un ser singular que no conoció fronteras, que caminó sobre el fuego y atravesó océanos, como jamás pudo hacer la frágil carne, y soñó con portentos y maravillas que la máquina sola era incapaz de vislumbrar. Y el hombre y la máquina vieron que la Singularidad era buena y desde entonces viven en delicada armonía, el silicio entrelazado con la proteína. Ésta es palabra de Kurzweil.

—Un momento. Los carbos también eran humanos, ¿no?

La paciencia del robot mermaba.

—Lo *fueron*. Ahora son… aberraciones.

—¿Qué dicen ellos de nosotros?

—¿Por qué el repentino interés en los carbos?

El niño pareció sonrojar.

—Es que… es sólo que… he estado leyendo.

El robot lo observaba, como acusándolo.

—Y… –la voz del niño se redujo a un susurro– viendo videos.

El chico esperaba que el androide hiciera grandes aspavientos, que manoteara y vociferara molesto por su temeridad. No fue así. El robot pareció distender su cuerpo. De haber tenido boca hubiera sonreído.

—¿Te refieres a los videos de…?

—Los de los ¿animales? corriendo por los prados. En las selvas. En los bosques. Y de los humanos que aparecen ahí. No logro distinguir entre los carbos y nosotros.

El robot carraspeó. Selvas, bosques. Ésas eran palabras que ningún niño crecido en Gravedad Cero manejaba.

—Mira, ven por acá, que te explico.

Caminó hacia la pedagoteca de la estación espacial, las patas magnéticas pegadas por las paredes. El niño lo siguió, flotando en su tanque.

—Hay un momento en la vida de todo hombre –nunca era fácil llegar a ese punto de la educación de los niños, pensaba el robot al carraspear– en el que tiene que enfrentarse a dos o tres verdades.

El niño observaba a su maestro sin pestañear.

—Una de ellas es.. que los carbos y los mecas alguna vez fuimos hermanos.

Los ojos de su alumno se abrieron como platos.

—Yo pensé que ellos eran experimentos fallidos.

—Fue algo así. Por eso comenzó la guerra.

—Pero pensé que había sido desde siempre. Desde el principio de los tiempos.

—Hay quien lo sitúa tan lejos como 1945. Los aliados proclamaban la superioridad de la bomba, de las máquinas. El Eje buscaba la pureza racial, de la carne. Pero ésos fueron los inicios. La auténtica guerra entre mecas y carbos fue más de cien años después. Cuando tuvimos que abandonar Madretierra.

—Yo pensaba que estábamos separados desde el principio.

—Ése es un error muy común. No fue así. Originalmente hubo mecas y carbos mezclados en ambos bandos.

—¿Qué fue lo que sucedió?

—Ellos se opusieron al desarrollo de las inteligencias artificiales –al decir esto, el robot sintió un escalofrío, ¡él mismo no existiría!

—¿Por qué?

—Consideraban un error crear entidades no humanas. Prefirieron experimentar con la carne. Mezclar cromosomas, recombinar líneas genéticas. Convertirse ellos mismos en posthumanos a través de la automodificación.

Hubo un silencio. El niño intentaba asimilar la información.

—Esos animales que vi en los videos, ¿son carbos?

—Estrictamente sí, porque son organismos carbónicos. Pero no están automodificados, como nuestros… enemigos.

—¿Ya no somos hermanos?

—No podemos serlo. Sus modificaciones los transformaron en monstruos. En auténticos engendros. No parecen humanos, ya no. No como nosotros.

Decir *nosotros* incomodó al androide, pero intentó disimular.

—Ahora –añadió el robot– peleamos por los planetas terraformables. Buscamos dar con Hijatierra. Nosotros, en nuestras estaciones espaciales. Ellos, en sus biocomplejos cósmicos. Sin triunfo ni derrota, en un frágil equilibrio militar. Así, desde hace casi mil años.

La pedagoteca quedó en silencio. Sólo se escuchaba el zumbido monótono de los sistemas vitales del tanque del niño. Dentro, su cuerpecito de feto flotaba en el gel proteínico. Piernas y brazos, inútiles en Gravedad Cero, habían sido amputados por microbots desde que crecía en una matriz de acrílico. Miles de cables conectaban su cerebro y órganos vitales con el CPU del tanque para mantenerlo vivo. Su cabeza era desproporcionadamente grande para albergar las neuroprótesis que se le implantaban a todo meca al nacer.

Por algunos minutos, el chiquillo reflexionó sobre todo lo que el profesor le había dicho. Se sentía un poco abrumado. Al verlo, el robot abrió el compartimento de la terminal que tenía en su antebrazo izquierdo y buscó en la red inalámbrica el controlador del CPU de su alumno.

Dio con un pequeño programa que había instalado semanas antes y ordenó ejecutarlo de inmediato.

El rostro del niño se iluminó súbitamente.

—¿Puedo ir a jugar un rato?

Tranquilizado, el robot fingió revisar la hora en el reloj de pared de la ludoteca.

—Sí, bien, creo que ya terminamos por hoy. No juegues mucho.

—Sólo seis horas.

—Cinco.

—¡Hecho!

El chiquillo salió disparado a la ludoteca, dando gritos de alegría que retumbaban en las bocinas de su tanque flotante.

El robot se quedó solo, con un sentimiento cercano a la preocupación rondando sus nanoprocesadores. No tardaría en preguntarle cómo nacen los niños.

¿Cómo explicarle que se mandaban clonar a los laboratorios de los carbos?

BAJO UN CIELO AJENO

A la memoria de Alfredo Brigada

AQUÉLLA, COMO CASI TODAS LAS NOCHES, JUAN Brigada soñó con el río de Cuicatlán.

Al fondo se erguían las montañas rojizas que rodeaban su valle natal y que tanto le recordaban las de este lugar, con las palmeras a sus pies enmarcando el lecho del arroyo. Arriba, el cielo era de un azul que sólo había vuelto a ver mientras soñaba; abajo, las aguas tenían una transparencia perdida para siempre.

Frente a sí, podía ver sus manos de niño jugando con unas libélulas que zumbaban entre las piedras de la orilla. A través de sus alas la luz se descomponía en colores brillantes.

Lo despertó el zumbido del reloj. Cuatro cuarentaicinco, cuatro cuarentaicinco, recitaba en español una voz de acento neutro. Juan se estiró para desperezarse lo más que pudo dentro del sarcófago dormitorio. Luego inició la secuencia de baño.

Un chorro de vapor tibio roció todo su cuerpo con una sustancia nanojabonosa. Las partículas inteligentes del champú se deslizaron sobre su piel, absorbiendo los cúmulos bacteriales que generaban mal olor, las partículas lípidas y los fosfatos excedentes, dejando a su paso una micropelícula lubricante sobre los poros. Al terminar, el fluido se vaporizaba para ser reabsorbido por los aspersores. Una espuma astringente roció la cara de Juan, disolvió el poco vello facial antes de evaporarse, y dejó una sensación de ardor sobre el rostro.

Finalmente, una nube de loción desodorante lo dejó listo para vestirse. Se deslizó fuera del sarcófago para buscar el overol en el cajón donde lo había depositado antes de dormir, para ser lavado.

En los cientos de niveles del dormitorio colmena, miles de trabajadores salían de los huecos de las paredes igual que Juan. Los sarcófagos eran desinfectados mientras se iban vaciando para esperar a su ocupante por la noche.

La mañana marciana recibió a Juan con un beso helado. Camino al metro, él deslizó la mano en su bolsillo para encontrar sus últimas pastillas nutrientes. Las tragó en seco. No había dinero para comprar un café en la máquina expendedora.

Primero llegaron los ricos. Gringos, ingleses, franceses, japoneses, alemanes. Con sus naves y sus máquinas y sus bases de investigación y sus procesos terraformadores y sus condensadores de humedad y sus robots obreros y sus satélites escudriñando el planeta, comunicando a los colonos con las estaciones orbitales y la Tierra. Más adelante aparecieron los australianos y los canadienses y los suecos y los daneses y los noruegos a poblar las primeras zonas urbanizadas del planeta. Después de ellos, los chinos y los coreanos y los israelíes y los hindús y el resto de

los europeos a consolidar las ciudades marcianas, los centros
industriales y las granjas hidropónicas.

Al final planetizaron los homies, como se autonombraban
los habitantes del tercer mundo: gringos negros, árabes, pakis,
mexicanos, brasileños, argentinos, africanos, serbios, haitianos,
ucranianos, dominicanos y peruanos a limpiar el mugrero de
todos los demás y hacer las tareas que ni los robots aceptaban.

A lo lejos brillaban las últimas luces de los edificios de Ciudad Esperanza. El cielo malva disolvía lentamente el tapiz nocturno. Apretujado en el vagón neumático, a Juan le
gustaba ver el amanecer desde las ventanillas antes de que
el tren suburbano fuera tragado por la red de túneles; eran
los únicos minutos que tenía para saludar al sol.

Sumido en la soledad colectiva, escuchaba conversacio-
nes susurradas en swahili o portugués. Los audífonos de
algún pasajero dejaban escapar un poco de música: algo
de hip-hop árabe, una canción de rock en croata.

A veces, para entretenerse, Juan contaba el número de
razas diferentes que viajaban en esa misma ruta. Su récord
era dieciséis. Cada una con su idioma. Nunca se había to-
pado con otro zapoteco.

Cuando el convoy llegó a la estación central, Brigada bajó
junto con la multitud para transbordar a su ruta de reco-
nexión. Caminó por los pasillos entre millones de hombres
y mujeres; era un sujeto menudo y moreno que se diluía entre una multitud de piel oscura y algunos pocos de tez clara,
en un lugar donde el color era casi un indicador económico.

Recargado en una columna, un anciano armenio tocaba
los restos de un violín con una vieja prótesis militar de
plástico. Desgranaba un canto de profunda tristeza que por

unos instantes conmovió a Juan. No es que se pareciera a la música de la cañada oaxaqueña, pero compartía la melancolía de los pueblos sometidos.

Pensó en deslizar su tarjeta en la terminal del anciano para darle unos cuantos microcréditos, pero no podía desperdiciar ni un centavo. Allá en la Madretierra su familia contaba con ese dinero.

En el tren que lo llevaba casi hasta las puertas de su trabajo, menos atestado que el que lo traía desde las afueras, escuchó una voz familiar.

«¿Dónde vas, Juan Brigada?»

Era Benito Zacate. Su paisano. O casi. Benny, como se hacía llamar aquí, había nacido en la ciudad de México, en Iztapalapa. Era hijo de una pareja de mixtecos llegados desde Pinotepa a trabajar de obrero y empleada doméstica. Ninguno de ellos, ahora muertos, imaginó jamás que su hijo acabaría emigrando a Marte.

«¿Qué haces, pinchi Benito?», saludó Juan.

«Aquí nomás», sonrió mostrando sus encías encarnadas, «yendo a jalar la carreta, tú. ¿Qué andas haciendo?»

«Lo mismo, lo mismo», repetían esas palabras cada vez que se encontraban camino a sus trabajos, Benny en una maquiladora de biochips cerebrales, Juan en la planta de HumaCorp.

«¿Cuándo hay baile, tú?», preguntó Juan por hacer plática.

«Pos vienen Mazacote y su Orquesta al Martian. Y Daddy Mangó, un negro que toca ska. Va estar bueno. ¿Vamos? Tengo unas amiguitas jaladoras allá en la fábrica. Pakis, ellas. Chulas las cabronas. Hasta parecen mexicanas.»

«Gracias, Benito. No hay dinero.»

«No seas llorón, pinchi Juanelo, ¿pos cuánto ganas, tú?»

«Dos mil…»

«Ahistá. Yo gano mil quinientos y no ando chillando.»

«Es que mando pa mi pueblo. Las comisiones están re-caras.»

«Yo por eso ya ni mando. ¿A poco crees que aquélla me sigue esperando?»

«¿No le dijiste que no había regreso?»

«De güey le digo. No me deja venir.»

Rieron. De inmediato, el silencio llenó el espacio entre sus rostros. Por unos minutos ambos recordaron el viaje desde el cosmódromo de Los Ángeles, apretujados junto a miles de *homies* en las crisálidas de plástico, durmiendo un sueño criogénico de varios meses mientras su envoltura reciclaba su propio sudor y orines para mantenerlos vivos. Tres de cada diez inmigrantes no sobrevivían el viaje. To-dos subían al cohete con la esperanza de estar entre el otro setenta por ciento.

«Aquí me bajo, tú», anunció Benny a manera de des-pedida.

«Sí, pues. Hasta *mostan*.»

«Hasta *mostan*», y se fue.

Juan canturreó «Dios nunca muere» durante el resto del trayecto. La planta de HumaCorp estaba en el otro extremo de la ciudad, a las orillas del último círculo concéntrico que rodeaba el primer asentamiento humano en Marte.

Hoopu, Hope City, Hoffnungstadt, Ville de l'Espoir, Città di Speranza, Cidade da Esperança, Ciudad Esperanza, la ca-pital marciana, a orillas del Vallis Marineris, era llamada así en todas las lenguas humanas. Un sueño, la posibilidad de empezar de nuevo para los millones de ciudadanos terres-tres que pudieran calificar los requerimientos migratorios.

Juan había decidido aplicar tras enterarse, trabajando de ilegal en San Diego, de que se solicitaba un jardinero para el corporativo de HumaCorp en Marte. Concretamente, un jardinero *oaxaqueño*.

La razón de un requerimiento tan caprichoso escapaba tanto a la comprensión como al interés de Juan. Estaba en Ciudad Esperanza, pudiendo enviar buenos eurólares a Tomasa. Lo demás no importaba. Ni siquiera el hecho de no poder volver.

La llegada del tren a la estación terminal, su destino, indicada por una sirena, sacó al zapoteco de su ensimismamiento. Descendió junto con el resto de los trabajadores para dirigirse hacia el gran edificio con forma de anémona, réplica de la sede de HumaCorp en Tokio. No habló con ninguno de sus compañeros. Nunca lo había intentado.

Kenji Tezuka, el maestro jardinero, era un anciano que había nacido en Japón pero emigrado muy joven a Vancouver, donde se había casado y tenido hijos. Fue por petición expresa del dueño de HumaCorp que se le había contratado para pasar sus últimos años supervisando los jardines ornamentales hidropónicos que decoraban los pasillos del corporativo. Juan era su asistente.

El señor Tezuka se dirigía a Juan en inglés. Al viejo le simpatizaba el indio por su capacidad para comunicarse con las plantas. Además, era tan trabajador que no parecía mexicano.

«Very well. *Moy ben, niñou*», solía decir el insular cuando Juan completaba alguna de sus consignas. Aquella mañana, tras pasar los ocho puntos de seguridad, Brigada lo encontró en el invernadero fumando uno de esos cigarrillos chinos de olor penetrante. Sin importar cuán temprano llegara Juan, el viejo ya lo esperaba.

«*Bonos déas*, good morning», saludó el anciano con su acento gringo. Como siempre, Juan respondió asintiendo.

«You're not a hell of a talker, right, *niñou*? Fine by me, that's what I like 'bout you», añadió Tezuka, más para sí mismo.

Como todas las mañanas, el anciano señaló a Juan sus actividades del día con señas. En esta ocasión debía preparar unos tallos de bambúes para hacer unos arreglos de ikebana. El oaxaqueño trabajaba las plantas como si las acariciara con sus delicadas manecillas color chocolate, mientras el anciano fijaba los tallos en el vaso suiban con las agujas kenzan.

La mañana solía transcurrir sin que mediara palabra entre maestro y aprendiz, encerrados entre las plantas, iluminados por lámparas de neón en un ambiente de calurosa humedad que agradaba a Juan por recordarle su tierra natal. Aparte del goteo de los aspersores, el único sonido era la música de shamizen que el señor Tezuka escuchaba mientras bebía té verde. Maestro y aprendiz no necesitaban hablar para comunicarse con las plantas ni entre sí.

Algunos robots auxiliares llevaban los arreglos al lugar donde serían colocados, regaban las plantas que decoraban las oficinas ejecutivas y realizaban las actividades rutinarias del invernadero. Había ocasiones en que el señor Tezuka pedía a Juan que lo acompañara a podar algún helecho en los pasillos del corporativo.

Cerca del mediodía sonó la señal que indicaba la hora del brunch. Un robot llevó hasta el anciano una charola de plástico con su almuerzo, un tradicional bento japonés compuesto de pelotitas de arroz rellenas de pasta de cangrejo, sashimi de pulpo criado en los estanques de la empresa y fideos de arroz fritos con salsa de soya. Era el momento en que Juan se levantaba, murmurando un «buen provecho» para ir al comedor de la empresa mientras su jefe comía.

Formado en la fila de trabajadores de mantenimiento en la cafetería D, Juan lamentaba la sazón insípida de la comida preparada por los robots cocineros. Normalmente le servían una ración de verduras cocidas acompañadas por carne de soya o pollo sintético con puré de papa y un trozo de gelatina.

Aislado de los demás en una esquina, Juan comía despacio, paladeando los alimentos, tratando de arrancarles el poco sabor. Había domingos en que, cuando tenía un pequeño excedente, iba al Patchanka, una cadena de supermercados texanos en que se ofrecían alimentos del tercer mundo a todos los trabajadores *homies* que pudieran pagarlos.

A diferencia de los ordenados autoservicios marcianos, aquí se ofrecían los productos en estantes repletos de contenedores desbordados que hacían recordar a los clientes sus países natales. A Juan lo hacían pensar en la tienda de la familia Osante, en el zócalo de Cuicatlán.

Pero las mercancías del Patchanka, traídas de todos los rincones del tercer mundo, eran caras y malas. Alguna vez había comprado tortillas de maíz sólo para descubrir que estaban agrias. O cocas en botella de vidrio a las que se les había escapado el gas.

Las frutas de su país como los mangos y las papayas eran totalmente impagables para él. Una sola ocasión, entre varios oaxaqueños, todos amigos de Benny, habían comprado una botella de mezcal. Eran tantos que apenas le tocó a cada uno un sorbo cargado de recuerdos.

Cuando Brigada terminó su comida, depositó la charola en la banda sin fin que la llevaba a lavar para volver de inmediato al invernadero.

Halló al señor Tezuka bebiendo un poco de Wild Turkey en un vasito de aluminio. Sólo algunos ejecutivos de alto rango y el maestro jardinero tenían derecho a ingerir alcohol dentro de la planta. «Some malt for the soul, *niñou*», dijo el japonés al indio, sin que éste entendiera. Era un oriental de costumbres agringadas.

El resto de la tarde transcurrió sin que volvieran a intercambiar palabra alguna, con la música de shamizen rellenando el silencio. Maestro y aprendiz se dedicaron a anudar tallos de bambú hasta que llegaron las cinco de la tarde, hora en que el viejo se servía una última taza de té que apuraba rápidamente antes de despedirse del oaxaqueño.

«Well, time's up, kiddo. See you tomorrow.»

Siyu-tumorra, eran las palabras que indicaban el fin de la jornada. Entonces Brigada veía al viejo dejar los guantes y el jubón para ponerse su abrigo y salir rumbo al estacionamiento de ejecutivos. Era el momento en que al zapoteco le tocaba limpiar el taller, aceitar la herramienta y dejar todo ordenado para la siguiente jornada.

Salía casi media hora después, entre el torrente de la multitud que abandonaba el edificio a contraflujo de los que llegaban para sustituirlos en el segundo turno.

Un par de horas después, al bajar del metro cerca del dormitorio que tenía asignado, Juan Brigada decidió entrar a un locutorio para escuchar sus mensajes.

La distancia entre los dos planetas impedía la comunicación instantánea. Un fastidioso desfase de varios minutos había popularizado el videocorreo entre los inmigrantes de todos los niveles. Juan tenía una cuenta gratuita de Goomail que checaba cada dos o tres días.

«Un mensaje nuevo», leyó en la pantalla, dentro de la cabina individual. Como cada vez que encontraba uno, el corazón le dio un vuelco. Dio clic a play y de inmediato apareció el rostro de Tomasa en la pantalla, los grandes ojos negros, el cabello negro por debajo de los hombros, los labios cremosos como helado de chocolate.

«Hola, tú», dijo a la cámara. «¿Ónde andas?»

Se rio en la pantalla. Juan hizo lo mismo.

«Juan, tan güey. Si vieras cómo te extraño. El otro día me llegó tu mensaje. Estás reflaquito. ¿Qué no te dan de comer?»

Sonrió, mostrando una hilera de dientes blanquísimos como Juan nunca había visto en todo Marte.

«Pus la cosa es que he seguido ahorrando un poco del dinerito que mandas. No mucho, tú, sólo un poquito. ¿Quién sabe? A lo mejor junto un día para irme contigo.»

Al fondo Juan podía distinguir la iglesia del pueblo, a un lado del mercado.

«El otro día me dijo la esposa del Beto que la gente no regresa de Marte, que se quedan por allá. Yo no le dije nada, pero sentí una lagrimita acá, bien adentro», dijo señalándose el pecho. A Juan se le escapó una gotita de los ojos que rodó por su mejilla morena.

«¿Uno destos días me llevas contigo? Para cantarte por las noches y hacerte un chocolatito de agua cuando te vayas a trabajar. Para esperarte con un tasajo y pancito de huevo todas las noches. Para que el niño no crezca sin papá...»

Esta vez, la que lagrimeó fue ella. Bajó la vista para añadir con voz entrecortada:

«Bueno, tú, ya me voy. Cuídate mucho desos marcianos. Y dime algo, no seas diatiro cabrón, que tengo un hueco en el corazón que sólo se llena cuando te veo en el monitor.»

Parecía que iba a decir algo más, pero el mensaje terminó. Juan hubiera querido contestarle algo pero su saldo se había agotado.

De cualquier manera, las lágrimas se lo habrían impedido.

«Dicen que van a otorgar visas a los familiares de los residentes», dijo Wilson, un mecánico peruano que vivía dos niveles arriba de Juan, en el mismo dormitorio.

«Eso dicen siempre. Nunca pasa nada», contestó Marcelo, un argentino de más abajo, que lavaba platos en un restaurante coreano.

Juan permaneció en silencio. Los tres observaban los cohetes despegar a lo lejos, en uno de los cosmódromos. Navíos llenos de mineral marciano enviado a la Tierra. Su único pasatiempo antes de zambullirse de nuevo en sus respectivos sarcófagos.

Wilson aplastó la colilla de su cigarro. Marcelo apuró el café que bebía en una taza desechable. Juan estuvo a punto de decir algo pero el despegue de otro cohete lo calló.

«Dicen que habrá una guerra. Algo de los chechenos

contra los sirios. O de los hindús contra los chinos. Ha habido atentados en Armenia y Cataluña», dijo el peruano.

«Es por el agua, ¿no es cierto?», contestó el argentino.

«En Cuicatlán hay mucha», pensó Juan.

«¿Te gustaría volver?», preguntó Wilson a nadie en especial.

«No podés volver. No hay nada *ashá*», contestó Marcelo.

Juan pensó en Tomasa. En su hijo.

«¿Y te traerías a tu familia?», repuso Wilson.

«Y una mierda. ¿A qué?»

«Sí, a qué…», concluyó el peruano.

A lo lejos, otro cohete se alejó aullando hacia Madretierra.

Juan se acomodó en el sarcófago. Se estiró, bostezando, antes de cerrar los ojos. Cuando la voz neutra del sistema operativo le ofreció alguna pastilla para dormir (por un pequeño cargo extra a su cuenta), Brigada la rechazó. Se recostó y pensó en Tomasa, podía verla frente a él, con Alfredito en los brazos. ¿Cuántos años tendría ahora? ¿Tres, cinco? Se imaginó alargando la mano, tocando las mejillas de su mujer. Se vio a sí mismo caminando junto a los dos, mientras chupaban una nieve de limón. Recordó el sabor del mezcal y los chapulines, de las tortillas recién hechas en comal de barro y el aroma del café de olla. Se saboreó el recuerdo del mole negro y los frijoles caldosos, del queso fresco y los tamales de iguana envueltos en hoja de plátano, sintió el viento de su pueblo acariciarle ardiente el rostro y las aguas heladas del río envolverlo en un abrazo al momento de zambullirse, siempre cobijado por su cielo azul, tan diferente a este cielo ajeno de color rosado, tan lejos de esta ciudad de concreto en medio de un desierto rojo, rodeado de armenios y chinos y negros y árabes y peruanos y bolivianos y robots sirvientes y ejecutivos japoneses y gringos y canadienses y alemanes que lo veían con asco o indiferencia como a todos los homies de piel oscura y no tan oscura.

«Hasta *mostan*, tú», le dijo a Tomasa antes de cerrar los ojos.

Aquélla, como casi todas las noches, Juan Brigada soñó con el río de Cuicatlán.

«AYER MORIRÉ. LO SUPE PASADO MAÑANA», ME DIRÁ el tipo, esperando que yo me sorprenda. Desde luego, lo observaré, inexpresivo.

«Caeré por accidente en el Cretácico, donde un dinosaurio me aplastó el cráneo cuando salgo de la máquina», continuará diciendo. Luego dará un largo trago, con el que terminará de beberse la cerveza que orinó la semana pasada.

«Vine al último mañana, el que ya no vi. Jamás sabré qué pensé en el momento en que morí. ¿Es inevitable?», y yo asentiré, sabiendo que al tipo no le sirvió de nada.

«En fin, ayer todo valdrá madre, así que al mal paso darle prisa», y dicho esto se levantará, subirá a su máquina y saldrá hacia ayer, de donde partirá al Cretácico.

No será fácil ser crononauta, pero para eso estarán puestas estas estaciones anacrónicas, donde los navegantes podremos detenernos a echar unos tragos y recordar el futuro.

Si no, nos volveríamos locos.

La virgen ahogada conoce al monstruo
de Frankenstein

A LAS SIETE EN PUNTO, POL, EL MÁNAGER, CORRIÓ las cortinas del cuarto de la virgen ahogada.

—Hora de levantarse, amor, hay mucho que hacer –dijo mientras la camarera traía una charola con el desayuno: cereal de arroz con leche descremada, yogur light y jugo de toronja. Él sólo bebió café.

La observó en la cama, las sábanas goteando agua de mar.

—A las nueve hay una entrevista en la radio –comenzó a recitar Pol, como todos los días, mientras leía en la pantalla de su Palm–, a las once tienes una plática en la Ibero y a las dos comemos con Alex de la Iglesia. Parece que está interesado en ti. A las nueve es la jornada de muertos famosos en la embajada de Italia. Eres la invitada por parte de México.

Pol levantó la mirada hasta la cama húmeda. Ella no había tocado el desayuno.

—Te noto un poco inapetente, mi amor –murmuró el mánager para luego agregar–: bueno, ¿qué tal un poco de ejercicio para empezar tu día? Sí, ya sé, ya sé, nada de natación.

Metido en sus pants Nike, Pol completó una tercera vuelta a los viveros de Coyoacán. Pasó junto a la virgen ahogada, que permanecía tumbada sobre un charco.

—Actívate, mi reina, que te me estás poniendo morada –le gritó al pasar.

Ella no contestó.

En el auto, camino a la estación de radio, Pol leyó el periódico para evitar intercambiar opiniones con su representada. La notaba distante, lejana. Un poco por inercia, dijo:

—Lo de las Torres Gemelas, una putada, ¿eh?

Ella guardó silencio.

Pol disimuló su enojo detrás del diario. Pidió al chofer que pusiera música. Ella siguió como si nada, las piernas y los brazos tiesos por el rigor mortis, la cara hinchada por el agua, sus cabellos despeinados llenos de arena y el rostro congelado en una mueca.

«Te sientes una estrella», pensó Pol, «así son todas mientras están de moda. Apenas las olvida el público, se acuerdan de la palabra *humildad*. Para entonces ya es tarde, putita, ¿me oyes?»

—¡Tarde! –gritó Pol.

—No, señor –dijo el chofer–, vamos bien de tiempo.

—N-no te decía a ti, Pancho –el conductor no vio al mánager sonrojarse. Ella ni siquiera se dio por enterada.

—Y dinos, ¿cómo es un día normal en tu rutina? –preguntó la locutora.

—…

—Ah. Debe ser agobiante ser la figura del momento, ¿verdad?

—…

—Pero como en todo, hay sus compensaciones, ¿no?

—…

—Amigas, estamos en el estudio con la virgen ahogada. Llámennos y háganle las preguntas que quieran saber de esta niña encantadora. ¿Cuántos años tienes? ¿Dieciocho, diecinueve?

—…

—La señora Godínez, de Villa de Cortés, te pregunta: ¿cómo le haces para mantenerte tan delgada?

—…

—La niña Érika Paola, de Echegaray, nos dice que te admira mucho, que cuando crezca quiere ser como tú.

—…

—Una última pregunta, de Nora Nava, de Casas Alemán: ¿dónde te presentas próximamente?

Pol intervino para informar de la plática en la Ibero. No dijo nada del evento de la embajada. Era a puerta cerrada.

—Pues muchas gracias por haber venido a visitarnos, ya sabes que ésta es tu casa. ¿Algo que quieras agregar?

—…

—Jajaja, tú siempre tan escueta. Amigos, la virgen muerta estuvo en el estudio. Un aplauso.

Sonaron los aplausos grabados.

—Ahogada, mi amor, es la virgen a-ho-ga-da –corrigió Pol a la locutora apenas salieron del aire.

Su clienta, tumbada en una silla, no se lo agradeció.

El auditorio estaba repleto. Se trataba de algún encuentro o congreso. El evento principal era la aparición de la virgen ahogada. Los llevaron por la parte de atrás del edificio. Cuando se apagaron las luces del auditorio, la multitud explotó en un aullido histérico. Un reflector iluminó un extremo del entarimado, donde un académico, el rector o el director de la carrera, intentó hacer una presentación.

—La carrera de la virgen ahogada inició en el año 2001 cuando...

No lo dejaron terminar. Optó por dejar la palabra a la invitada.

El reflector movió su haz hacia la derecha para bañar de luz a la virgen ahogada, que se hallaba recostada sobre el mantel verde de la mesa de conferencistas. Escurría agua salada por todos lados, pero ello pareció no importarle al público.

Durante dos horas mantuvo al público cautivo con sus encantos. Llegó la hora de las preguntas y respuestas. Una edecán iba hacia las personas que previamente se habían apuntado en una lista.

—Hola. Mi nombre es Paula Cano, de Letras. Sólo quiero saber una cosa: ¿qué hay del otro lado?

La virgen ahogada pareció no entender. Paula quiso clarificar su pregunta.

—Quiero decir, ¿hay algo más allá?

—...

Aplausos.

—Gracias –añadió Paula.

Las preguntas se prolongaron media hora más. Pol se acercó hasta la virgen ahogada; le susurró al oído: «Lo siento, mi amor, tenemos que irnos». Luego tomó el micrófono para anunciar que su representada se encontraba un poco cansada por tantas preguntas, que sólo contestaría una más. El micrófono fue a dar a una chica morena de la tercera fila.

—Buenas tardes. Mi nombre es Sofía, soy de Diseño Textil. Sólo quiero saber una cosa: ¿tú escoges la ropa o tienes un diseñador de imagen?

Pol no pudo resistirlo y tomó la palabra:

—La hago yo, mi amor, ella está muy ocupada para esas cosas. Muchas gracias por haber venido. No más preguntas por favor.

Hubo que traer al personal de seguridad de la universidad para poder sacar a la virgen ahogada y a su mánager del auditorio.

—Alex, beybi, somos grandes fans, hemos visto todas tus películas –dijo Pol, visiblemente emocionado–, bueno, todas menos *La comunidad*, que no llegó a México.

El cineasta parecía no escuchar a Pol. Tenía la vista clavada en ella, que permanecía bocarriba sobre la mesa, mojando el mantel.

«¿Desean ordenar?», preguntó la mesera, una chica de cabello rosa vestida como personaje de caricatura japonesa.

«Un martini dulce para mí, vino blanco para ella», pidió el mánager. De la Iglesia ordenó distraídamente una cerveza. No podía quitar la vista del pescadito que chapoteaba dentro de la boca abierta de su invitada.

—Lo echaste todo a perder, ¿te das cuenta? –dijo Pol en el coche.

Ella no contestó.

—¿Tenías que ser tan fría? ¿Tan ausente? Alex entusiasmadísimo contigo, supermono, y tú haciéndote la interesante, sin contestarle siquiera por cortesía.

—…

—Muy bien, muy bien, sigue así –su voz se quebró–, pero cuando nadie quiera saber nada de ti, no me vengas a buscar. Es más, considera disuelta nuestra asociación. ¡Pancho!

—¿Señor?

—Déjame en la esquina. Voy a tomar un taxi.

Al bajar azotó la puerta.

—El éxito te está quedando grande, reina; ya sabrás de mis abogados. Si pude con Paulina Rubio, qué me dura una pendejita como tú.

Ella ni siquiera volteó a verlo.

Pol se perdió en la lluvia, entre la multitud.

—Usted dirá a dónde la llevo, señorita –dijo Pancho.

Una hora después, sonó el celular de la virgen ahogada.

—¿Me perdonas? –dijo Pol al otro lado de la línea–, ya sabes que a veces me exalto y digo cosas que no pienso. ¿Amigos?

Ella guardó silencio.

«El que calla, otorga», pensó felizmente Pol.

Algo similar sucedía todos los meses.

Llegaron tarde a la jornada de muertos célebres, por lo que sólo alcanzaron el coctel posterior. Pol llevaba un smoking negro. Ella, un vestido largo del mismo color, completamente empapado de agua salada. Fuera de su ambiente natural, Pol se sentía un tanto incómodo. Sin embargo, pronto descubrió a un joven agregado cultural que lo miraba insistente.

—Mi amor, creo que ha llegado la hora de internacionalizarme un poco. Esto no me pasa todos los días –y la dejó sola, tirada de bruces en mitad del salón. Estaba seguro de que ella no lo extrañaría una hora. O dos.

Tratando de pasar desapercibido, un hombre corpulento se acercó a la virgen ahogada con una copa en la mano.

—Encantado de conocerla –dijo con voz grave.

Ella contestó con su silencio.

—Soy el monstruo de Frankenstein. Mucho gusto –dijo mientras alargaba una mano torpemente cosida a su antebrazo. El doctor Frankenstein era tan buen médico como mal tejedor.

Ella se mantuvo gélida.

—Eh… nos hizo falta su presencia en la jornada. Tu visión, ¿puedo tutearte?, hubiera aportado mucho al encuentro.

Dio un sorbo a su copa. Discretamente paseó su mirada por los cabellos desordenados de la chica, llenos de arena, por sus tiesos brazos marmóreos, por las manos de delicados dedos rígidos. Hallaba irresistible ese cutis macerado por el agua, los borborigmos que a veces dejaba escapar su estómago en descomposición, la mirada acuosa, el agua que goteaba de la nariz, pero sobre todo lo demás, la posición torcida del cuello, producto de las vértebras dislocadas por el oleaje.

Un mesero pasó con una charola llena de bebidas. El monstruo de Frankenstein canjeó su copa vacía por una llena. Tomó una para la virgen ahogada, y se la ofreció sin que ella aceptara.

—Una copa más, una menos, ¿qué importa? –pensó él.

Cayó un silencio incómodo. El monstruo de Frankenstein fijó la vista en el suelo, a unos centímetros del rostro mojado de la virgen ahogada. Buscaba desesperado un tema de conversación que no fuera el clima.

—Lo de las Torres Gemelas –dijo al fin–, una putada, ¿eh?

Ella optó por no opinar.

Al otro lado del salón, el ligue de Pol progresaba mucho mejor que el de la creatura de Frankenstein.

Otra ronda de copas. El monstruo comenzaba a sentirse ligeramente borracho. Después de todo, tenía un hígado de segunda mano. El alcohol lo fue animando un poco.

—Oye, este salón está ligeramente sobrepoblado, ¿te parece que nos vayamos al balcón?

Sin esperar respuesta tomó a la virgen ahogada de la mano y la arrastró fuera de ahí, dejando una estela húmeda sobre la alfombra.

Cuando Pol los encontró, la virgen ahogada descansaba con el estómago doblado sobre el balcón mientras el monstruo de Frankenstein le recitaba a Neruda.

—Ay, ahí están, los he buscado por todos lados –dijo a los dos–, miren, mis amores, Giovanni y yo hemos decidido ir a buscar otra fiesta, ésta ya se está muriendo. Les sugiero hacer lo mismo, picaruelos.

Abrazó al italiano por la cintura; se fue bamboleando las

caderas. Antes de desaparecer, dio media vuelta para volver al balcón.

—No llegues tarde –dijo a su representada, luego volteó hacia el monstruo de Frankenstein y agregó–: pórtate mal, grandulón.

Le dio una nalgada antes de irse.

La creatura no lo pensó más, tomó a la virgen ahogada y, cargándola sin dificultad, desapareció de la fiesta.

En su cuarto de hotel, el monstruo de Frankenstein lamentó un poco que ella mojara toda la cama. También le incomodaba el olor a pescado, pero prefirió atribuirlo al alto grado de excitación de la virgen ahogada.

La contempló sobre el lecho, con las piernas engarrotadas abiertas de par en par debajo de su vestido negro.

—Esto no es fácil para alguien como yo –comenzó a decir el monstruo de Frankenstein, visiblemente nervioso–, pese a mi edad soy un sujeto demasiado tímido para estas cosas, pero… –dudó un instante–. ¿Quieres quedarte a dormir aquí, conmigo?

Ella no dijo nada.

«El que calla, otorga», pensó él.

Esa noche, ambos perdieron la virginidad.

EL LLANTO DE LOS NIÑOS MUERTOS

L A ABUELA QUISO GRITAR PERO SU CABEZA, ARRANCADA del cuerpo, no pudo emitir más sonido que el deslizar arenoso de la lengua y el flop que hizo al caer. Trituré lo que quedaba del cuello con mi hocico. Tragué sin masticar del todo y aullé. Desde el suelo, su mirada vacía me observaba, queriendo descifrar lo que había pasado. Sólo pudo ver cómo rasgaba su caja torácica para masticar los intestinos.

Lo primero que recuerdo de la casona son los largos pasillos de techos altos por los que siempre corría un viento silbante. Las criadas decían que era el llanto de los niños muertos sin bautizar. La abuela decía que eran los muertos y punto.

En el cielo de la hacienda no brillaba el sol, siempre estaba cubierto de nubes grises. Conocí el sol hasta el día en que acompañé a la abuela al pueblo por primera vez. Tendría once años. *Ésa es la hija del Clemente*, murmuraba la gente a nuestro paso. Ella los ignoraba. Yo ni siquiera sabía que mi papá se llamaba así. En el pueblo llovía luz al mediodía. Quise que el calor besara mi rostro, mis brazos. La abuela me apuraba sin que los tibios rayos me tocaran. Esa misma noche, en la hacienda, descubrí que la luna vertía también su modesto esplendor sobre la comarca. Sin que las nubes opacaran su luz. Fue la primera vez que bañé mi cuerpo desnudo bajo su regalo luminoso.

Dicen que poco después de que murió su papá, el Clemente hizo un pacto con el diablo. Que se lo encontró caminando por el lecho del río. Que se le apareció en forma de una mujer muy hermosa, de piel blanca y cabello negro. Que la mujer lo sedujo y a cambio de su semilla le ofreció un deseo. Nadie sabe lo que pidió. A los nueve meses apareció la tal mujer en la hacienda. Se apersonó frente a la mamá del Clemente y le mostró el fruto de su extraño amor: una niña con cuerpo de leche y cabello de tinta. Dicen también que la mujer cobró caro el deseo del Clemente, porque se llevó su razón y lo dejó loco. Desde ese día nadie la volvió a ver. El Clemente se creyó un animal y huyó al bosque, donde corría desnudo en cuatro patas y cazaba animales pequeños, hasta que unos cazadores lo mataron al confundirlo con un lobo. Su mamá se quedó con la niña, a quien culpa de haber perdido a su único hijo. Dicen que por eso la odia, que no la perdona y que la trata como si estuviera loquita y no la deja salir de la hacienda. Dicen.

El beso de la luna es frío y azul. Yo salía a escondidas hasta el pozo, desnuda, envuelta en un rebozo; descalza avanzaba tratando de no pisar los alacranes. Sólo escuchaba el silencio de la noche y los murmullos de sus criaturas. Entonces dejaba caer el rebozo y ofrecía mi cuerpo a la luna para que lo recorriera. Cerraba los ojos y sentía cómo el frío lamía cada rincón de mi piel. Cuando me sentía por completo lamida por esa fría luz, recogía mi rebozo y regresaba a mi cuarto en la casona.

Las penumbras siempre me han protegido a pesar de mi piel cremosa. La oscuridad me envuelve con su manto y se traga los ruidos que mis pisadas producen. Me deslizaba entre las sombras, espantaba a las criadas al aparecer a sus espaldas sin que me escucharan. Jamás pude espantar a la abuela, ella siempre sabía que era yo. Decía que era una hija de la noche. Se equivocaba, sólo soy su amiga.

Todas las madrugadas las criadas acarreaban ollas de barro con agua que hervían en la cocina para que la abuela se bañara. Eran ocho las que la lavaban, la peinaban y la perfumaban. Recuerdo el baño inundado con el vapor y el aroma a talco de la abuela. Su trenza larga y blanca, como mi piel, caía por su espalda.

Yo nunca fui pura como ella.

Bien pronto la abuela descubrió la suciedad en mí. Un día, cuando era pequeña, me sorprendió manoseándome en medio de las piernas. Me golpeó con una vara que zumbaba con cada azote y luego ordenó a una de las criadas que me untara chile ahí donde no debía tocarme. Desde entonces me supe impura e indigna, que estaba sucia por dentro, sin importar cuánto me bañara y tallara con zacate y agua caliente. Por eso busco el beso de la luna todas las noches. Para que mi alma se blanquee como mi cuerpo.

Los domingos venía el padre a confesar a la abuela. Venía desde el pueblo a desayunar tempranito con nosotras. En la casona no podían entrar hombres, excepto él; todos los peones se quedaban fuera y si había algo que arreglar lo hacían en el recibidor. Jamás pasaban hasta la sala, mucho menos al comedor.

Esta niña es el demonio, le decía la abuela al cura mientras nos servían chocolate caliente a los tres, *no importa cuánto la bendiga, jamás estará libre de pecado, es la esencia misma de la maldad.* El sacerdote me veía, sonreía, daba un trago a su taza y contestaba: *También los demonios son hijos del Señor.*

No sé por qué la abuela decía eso. Yo nunca le hice daño a ella. Sólo a algunos de los hijos de las criadas.

Fue una vez que todos los peones de la hacienda se plantaron frente a la casona, con antorchas en las manos y gritos en sus gargantas. Entonces conocí al Maligno. La abuela salió a hablar con ellos. Dentro, las criadas no me dejaban acercarme. Lo vi desde donde estaba. Era moreno, del color del chocolate que nos servían todos los domingos, y desde mi lugar supe también que olía a vainilla. Su cabello era negro como el mío, pero sus hebras eran gruesas, en su mirada se adivinaba el dolor de quienes caminan descalzos por las piedras, de quienes enfrentan la jornada con tortillas y café en el estómago. Él también volteó a verme y desde ese momento quedé marcada por su deseo. Lo supe por la ola fría que recorrió mi espalda y por el vacío helado que desde ese día tejió su telaraña sobre mi pecho.

La abuela logró calmar a los peones y alejarlos de la casona. A todos menos a él.

La biblioteca estaba tapizada por los libros del abuelo. Había una escalera que se deslizaba entre los estantes para que no hubiera volumen que no se pudiera alcanzar. Tenía prohibido acercarme a los libros pero siempre me las arreglaba para llegar hasta ellos y leer a la luz de las velas que llevaba escondidas bajo mi vestido.

Toda mi ropa era negra porque la abuela me hacía llevar el luto por mi padre. Ella se vestía igual, del cuello a los pies.

Cuando terminaba de leer, me gustaba apagar las velas con la punta de la lengua.

Fue el padre quien me enseñó a leer, mientras me daba el catecismo. Fue él quien me habló por primera vez de la biblioteca, oculta detrás de una puerta clausurada en el extremo de la casona. En su juventud, había sido amigo del abuelo. También era el único que me sonreía, y al hacerlo su cara se llenaba de arrugas profundas y me mostraba sus enormes dientes.

El Maligno empezó a merodear la casona. Las criadas más jóvenes creyeron que las buscaba a ellas. No era el primer peón que se acercaba a buscar los favores de alguna de las mujeres morenas para saciar su ardor furtivamente, ocultos en el cuarto de planchado de la casona. Pero este hombre me buscaba a mí, lo supe por su mirada inflamada que podía verse desde el balcón de mi cuarto. Y por el hueco de mi pecho, que se enfriaba apenas sentía su presencia.

Tuve miedo. Recordé los gemidos que escapaban a media noche del cuarto de planchado, en la planta baja, cuando las parejas pensaban que nadie las oía, ignorando que yo las espiaba bajo las escaleras, con el pecho palpitando y la mirada perdida en las penumbras.

Dejé de salir a recibir el beso lunar. Sabía que la bestia rondaba la casona, con su entrepierna henchida de lujuria. Desde la primera noche, sentí que la impureza crecía dentro mi cuerpo.

Gracias a uno de los libros del abuelo que se llama *Decamerón*, supe que el deseo hace su nido entre las piernas de los hombres, en correspondencia con la suciedad que se aloja en medio de las piernas de las mujeres. Un día, mientras me bañaba, vi que la pelusilla que cubría mi bajo vientre comenzaba a oscurecerse. Tuve mucho miedo, pero no tanto como al descubrir, tiempo después, que durante una noche la suciedad que se extendía dentro de mí había hecho llorar sangre a mi cuerpo, dejando una huella escarlata en el colchón.

Quise ocultarlo lavando las sábanas yo misma, pero una de las lavanderas me descubrió.

Intenté explicarlo, pero de mis labios sólo escaparon balbuceos.

Ella se rio.

Se rio de mí.

Maldita india.

Tuve que pensar cómo seguir recibiendo el baño lunar sin salir hasta el pozo. Quería evitar al Maligno. Un domingo por la noche subí al techo de la casona. Apenas había media luna en el cielo. Dejé caer el rebozo y extendí los brazos, queriendo abarcar el tímido abrazo de Selene. Abajo el Maligno acechaba y, al descubrir en el aire el aroma de mi impureza, comenzó a aullar. La abuela y las criadas no tardaron en despertarse; no tuve tiempo de correr a mi habitación. Al escuchar los pasos en la azotea subieron y fui descubierta.

Esa noche la abuela me azotó hasta cansarse con la hebilla del viejo cinturón de mi papá.

De Clemente.

Cuando terminó, mi cuerpo estaba cruzado por líneas rojas. No lloré. Creo que eso la enfureció más. Pero ya no tenía fuerzas para seguir golpeándome.

Ordenó que me dejaran encerrada en el cuarto de planchado durante una semana. Desnuda. A merced del Maligno. Las criadas ni siquiera se atrevieron a tocarme, sólo me empujaban con varas.

Pasé la primera noche lamiendo mis heridas. El Maligno, sabio en su maldad, ni siquiera se acercó.

A todo se acostumbra uno, menos a no comer, dicen los peones.

Para alimentarme, la abuela ordenó a las criadas que deslizaran por el suelo un plato lleno de las sobras del día. Las primeras veces ni siquiera quise olerlo, pero el quejido del estómago me hizo vencer el asco y pronto lamía los frijoles refritos pegados a los platos, roía los huesos en busca de algún jirón de carne olvidado, masticaba las tortillas frías y resecas.

Por la noche, la abuela bajaba a azotarme con la vara. Jamás lloré frente a ella.

Me había acostumbrado al dolor.

Me volví peligrosa para las criadas. Tenían que lanzarme los platos rápidamente si no querían que las mordiera hasta lastimarlas. El gusto salado de su sangre me erizaba los pezones. La abuela desistió de azotarme por miedo a que la atacara.

Yo esperaba el domingo para que apareciera el padre y me sacara de ahí, pero los días pasaban lentos y vacíos.

Llegó la noche del sábado y con ella la sangre que otra vez escurrió por mis piernas como lágrimas de mi condenación irremediable.

Afuera, la luna llena derramaba su leche. A lo lejos un aullido anunció al Maligno. Sentí los vellos de mi cuerpo erguirse al instante. Mi vacío pectoral se inflamó hasta convertirse en una onda helada que descendió de la base del cuello a la ingle, donde explotó en una húmeda inflamación que hizo salivar a mi entrepierna. El corazón se inquietó en mi pecho, saltando descontrolado. El miedo chocó de frente con un deseo incontenible de llenar el abismo diminuto que se abría en medio de mis muslos.

Quise huir, arañé la puerta hasta arrancarme las uñas y sangrar mis lúnulas. Aullé para orientar al Maligno y guiarlo entre la oscuridad hasta la ventana de mi prisión. Me hice un ovillo ante el inminente ataque. Abrí las piernas para que el viento nocturno llevara el perfume de mi lubricidad hasta el intruso. Grité el nombre de la abuela rogando clemencia, como último recurso al oír al predador que trepaba los dos metros que lo separaban de la ventana. Cuando estuvo dentro del cuarto hundí dos dedos en mi triángulo velludo y dibujé a su alrededor un círculo para que el olor sanguíneo azuzara a la bestia.

La sombra del Maligno me cobijó. Las hebras oscuras de su cabellera se habían extendido por todo su cuerpo. Ya no olía a vainilla. Sentí en la cara el aliento cálido que escapaba por entre sus dientes filosos como navajas. Estiré la punta de la lengua y me encontré con la suya, que mordí hasta hacerlo sangrar. Él me embistió con su demonio enhiesto, que deslizaba dentro de mí fácilmente hasta llenar de dolor mi gran vacío. Rodamos por el suelo envueltos por la oscuridad del cuarto de planchado. Entendí el placer del dolor más allá de los azotes de la abuela. Él rasgaba mi espalda, yo hundía los dedos en la suya, peluda. Me mordió hasta dejarme tapizada de moretones goteantes. Desde lejos, mientras se deslizaba dentro y fuera de mí, sentí venir la explosión que se anunciaba como los truenos a la distancia de una noche nubosa. El Maligno aceleró su ritmo adivinando la proximidad del final…

…que toma por asalto tu cuerpo…

…que chasquea como un relámpago en medio de tus penumbras…

…que llena tu universo entero hasta los huecos más remotos…

…que inflama cada uno de tus rincones…

…y que desapareció en segundos, dejando el eco de su violencia retumbando por todo mi cuerpo. Tensé brazos y piernas alrededor de él hasta dificultarle la respiración. No dejó de lamer las heridas de mi rostro ni salió de mi cuerpo hasta que después de una breve eternidad me aflojé.

Entonces comenzó mi transformación.

¿Cómo explicar a los seres lampiños y de dientes romos lo que es tener la piel hirsuta, las uñas y los dientes transformados en filos mortales? ¿Cómo decirles a criaturas de ojos miopes y oídos estrechos lo que es ver en la oscuridad y escuchar el caminar confiado de la presa a muchas varas de distancia? ¿Cómo hacer sentir a quien la naturaleza sólo dotó de burdos remedos de sentidos? ¿Cómo decir lo que es ser un lobo?

Hubo dolor durante la transformación. Un dolor familiar, nuevo pero que se sabe conocido en algún rincón de las entrañas, que se espera desde antes de nacer y que sin embargo se ignora. Pero ya estaba aprendiendo a gozar el sufrimiento. Cuando me sentí una loba completa, volteé hacia el Maligno, que me observaba con ojos amarillos. En su mirada leí que mi tiempo había llegado, que desde ese momento debía caminar sola, que él sólo había quebrado el cascarón de la semilla maldita con que yo nací. Luego trepó por la ventana y salió de mi vida para siempre.

El instinto me susurró al oído lo que tenía que hacer.

Derribé la puerta del cuarto de planchado.

Y me dirigí a la alcoba de la abuela.

Nuestros gritos habían despertado a las criadas, que corrían despavoridas de un lado a otro sin saber qué hacer. Las casas de los peones estaban demasiado lejos como para que alguien escuchara sus gritos de auxilio. Descubrí a la india que se había burlado de mi primera sangre y me lancé sobre su cuello. Quiso gritar pero quebré su laringe antes de que lo hiciera. Hubiera seguido mordiendo su cuerpo, que se revolvía en medio de convulsiones, pero tenía una presa más importante.

Mientras subía las escaleras con pasos lentos, escuché a la abuela rezar en su habitación un rosario atropellado mientras cargaba el mosquetón que colgaba de una de las paredes. La pólvora que resbalaba por el cañón despedía un aroma acre que se confundía con el olor a talco que intentaba disimular el tufillo decadente de sus carnes resecas.

Al olerla con olfato de lobo entendí su pequeñez, su insignificancia. No hay peor tiranía que la ejercida por enanos.

Me detuve a unos metros de la puerta. Oí su respiración, el murmullo de sus rezos, su corazón palpitante. Olía el sudor que resbalaba por su espalda. El recuerdo de los azotes, del escozor del picante untado en mi sexo infantil, de la mordaza y las ligaduras cuando apenas caminaba, del odio en su mirada, de sus acusaciones con el padre, concentró en mí un odio ardiente que corría por mis venas.

Tomé impulso y salté. Al cruzar la puerta la abuela gritó:

—¡Muere, bestia!

Y disparó.

Falló.

No paré hasta desgarrar sus carnes mucho después de que el cadáver había perdido toda forma humana. Bañada por su sangre tibia, aullé a la noche y salté por una ventana. Al hacerlo, derribé un quinqué. Escapé de la hacienda, dejando atrás la casona con sus niños muertos llorando por los pasillos, con su velo de nubes ocultando el sol, con su maldición y su demencia.

Corrí durante horas, llevada por caminos invisibles en los que el instinto guiaba con voces dentro de mi cabeza, voces que no eran humanas. No me detuve hasta llegar al corazón del bosque.

Al lugar de los lobos.

Desde esa noche vivo aquí, agazapada en la oscuridad que me regalan los árboles. Sólo salgo a lo descubierto para recibir el beso de la luna. Cazo animales pequeños que mato con los dientes; siempre es más difícil hacerlo sin los colmillos de lobo.

Por eso, cuando vuelve la transformación, salgo a cazar algo más grande, cerca del pueblo. Un viajero nocturno o un niño extraviado.

Siempre me gustó lastimar a los niños.

Aún no me siento pura, y menos ahora que me he manchado no sólo con mi propia sangre, sino con la de quien ha muerto entre mis dientes.

Pero ahora ya no me importa.

Dicen que la maldición se desató sobre la hacienda una noche de luna llena. Que desde la casona se alcanzaron a escuchar los gritos de las criadas, que no podían salir porque la señora había echado el cerrojo y nadie más tenía llaves. Que el fuego devoró la casona hasta dejar los cimientos y sus cuerpos calcinados. Que nunca encontraron el cadáver de la hija del Clemente, la loquita, pero sí el de su abuela, que estaba decapitada. Que tras esa noche la región está maldita, la tierra estéril, y el bosque alberga demonios que huyen de la luz del sol pero se dejan ver al rayo de la luna. Que desde entonces los caminos ya no son seguros por la noche, que el que se interna entre los árboles no regresa jamás, y que los niños que llegan a acercarse desaparecen sin dejar rastro.

Dicen.

LEONES

AHORA HUIMOS, NOS ESCONDEMOS EN LA OSCURIDAD, nos alejamos de la luz del día. Pero no siempre fue así. Hubo un tiempo en que ellos fueron nuestra plaga.

Los primeros leones aparecieron en los parques públicos. Siempre se refugiaban bajo la sombra nocturna, escondiéndose donde los árboles espesaban y los pastos crecían lo suficiente como para ocultarlos.

Huían de nosotros, intuían que éramos los responsables de que su hábitat hubiese desaparecido, que fuimos quienes los llevamos a un cautiverio que pronto excedió su capacidad para albergarlos.

En un principio nos llamó la atención la súbita disminución de perros callejeros en la ciudad. Pasado un tiempo, comenzaron a aparecer sus huesos roídos, esparcidos cerca de los jardines públicos. Como siempre, no les pusimos atención hasta que fue tarde.

Si hubieran sido una especie en peligro de extinción como los gorilas, los pandas o los manatíes seguramente nuestros parques se habrían peleado por tener ejemplares en sus jaulas. Pero había sobrepoblación de leones.

Así que empezaron a lanzarlos a la calle.

El proceso fue así: a todos los zoológicos de la ciudad les llegó una orden de *muy arriba* que dictaba la eliminación de los leones excedentes con el argumento de lo caro que era mantener demasiados ejemplares de una especie tan conocida y de nulo interés para los visitantes.

Allá fueron docenas de felinos sacrificados con el propósito de mantener los presupuestos dentro de los límites de lo razonable.

La medida fue abandonada al poco tiempo ante la dificultad de eliminar un predador de tales dimensiones; los costos de semejante operación daban al traste con las intenciones de ahorro originales, sin considerar las protestas del departamento de limpia, cuyos trabajadores se negaban a disponer de los cuerpos felinos, ni el rechazo de los pepenadores ante el mal sabor de la carne de león.

Pero las órdenes se acatan, no se discuten.

Así fue como los primeros leones acabaron de garritas en la calle, eliminados clandestinamente en mitad de la noche, cerca de los parques públicos donde pudieran al menos depositar sus heces sin que se notara demasiado.

Es imposible saber con precisión cuántos ejemplares fueron abandonados a su suerte de esta manera. Los archivos que contenían las cifras oficiales fueron destruidos cuando estalló el escándalo político. Pero los cálculos más conservadores suponen que no debieron ser tantos como los medios amarillistas han querido hacernos creer.

El problema real es la altísima tasa de natalidad de los leones. Un macho adulto es capaz de copular hasta cien veces en un solo día.

Cien cópulas con cien eyaculaciones incluidas.

Más de una estaba destinada a tener éxito. Eso, sin pensar en la ausencia de depredadores naturales.

Aunque ignoramos en qué parques fueron liberados los primeros, ahora sabemos que por las noches emigraban a cuanta zona verde encontraban, hasta ocupar poco a poco todas las disponibles.

No descubrimos a nuestros nuevos vecinos hasta mucho tiempo después. Corredores matutinos, ancianos desocupados, niños, parejas de novios y vendedores de drogas que poblaban a toda hora los jardines públicos eran observados por atentos ojos ambarinos, cuyos dueños se ocultaban entre las sombras ofrecidas por los árboles.

Los felinos modificaron sus costumbres y se volvieron seres nocturnos. Perros y ratas fueron el componente principal de su nueva dieta. Alimento que, aunque modesto, jamás escaseó.

De no haber sido quizá por sus vistosas deposiciones, nadie habría notado nada raro.

Hasta el célebre accidente de los amantes.

Una pareja anónima de novios se internó en uno de los parques más grandes de la ciudad, buscaban entre los árboles una intimidad más barata que la de los hoteles de paso.

Se dice que, entregados a sus amores, no descubrieron a tiempo a un policía que se acercaba silencioso hasta ellos con la intención de sorprenderlos. El representante de la ley lo hubiera logrado de no haber sido por una leona hembra de ciento veinte kilos que, salida de entre las sombras, se abalanzó sobre él sin darle tiempo de soplar su silbato.

Aterrorizados, los novios huyeron de ahí semidesnudos.

Al día siguiente, los restos del policía y la ropa de los amantes fueron encontrados en medio de un gran charco hemático.

Los peritos de la policía aparecieron en el lugar del crimen y determinaron sin dudar que se trataba de un accidente laboral común.

A los dos días, en otro parque, un borracho amaneció despedazado. Y al día siguiente un jubilado del servicio postal fue mutilado: perdió las piernas mientras dormía una siestecilla.

Fue el principio de los ataques. Con seguridad las autoridades habrían hecho algo de no haber sido porque al cuarto día se hallaron los restos mordisqueados de un cadáver cuyas huellas digitales (las que quedaban) coincidían con las de un famoso asesino múltiple. Esta vez los muchachos de la policía determinaron suicidio y le achacaron las muertes anteriores. Después se dio carpetazo al asunto.

Y entonces, acaso envalentonados por la indiferencia oficial, los leones salieron de sus refugios a pasear cínicamente sus melenas por nuestras calles.

Sin hambre, son tan mansos como un gatito. Pero comen todo el día, por lo que era imposible saber en qué momento arrancarían de un mordisco el brazo de un vendedor de globos o se tragarían a un niño.

Eso sin hablar de sus heces.

Intentamos quejarnos, organizamos comités vecinales que exigían la inmediata eliminación de los felinos. Pero sólo hallamos oídos sordos en las autoridades, quienes consideraron que la solución más práctica –y económica– era evitar los parques públicos y cruzar la calle si se veía venir de frente un león.

Los medios ventilaron la noticia mientras tuvo interés, pero llegó el mundial de futbol y los más bien magros triunfos de la selección nacional mandaron a los leones al silencio mediático.

Y habrían permanecido olvidados de no haber sido porque, durante los festejos tumultuarios provocados por un empate ante la selección de Bolivia, una horda de leones atacó a los festejantes en el Ángel de la Independencia.

No se hicieron esperar las declaraciones del gobierno y de la oposición, ni los debates televisivos y los editoriales en los periódicos.

Mientras tanto, los leones seguían ampliando su nuevo hábitat. Pronto empezaron a mudarse a los camellones de mayor tamaño.

Cruzar la calle se convirtió en una hazaña peligrosa.

Los asesores del jefe de gobierno de la ciudad, más preocupados en colocar a su jefe entre los candidatos presidenciales que en dar una solución de fondo al problema, optaron por un arreglo inmediato de corto alcance y declararon a la ciudad entera reserva ecológica dedicada a la preservación de los leones, con la doble intención de calmar a la población y de añadir un atractivo turístico a la metrópoli.

Para entonces los felinos habían decidido ocupar cuanta área verde encontraran; en poco tiempo casas particulares, escuelas, instalaciones deportivas y panteones fueron invadidos por el nuevo patrimonio de la ciudad.

Uno podía despertar por la mañana y descubrir que a su jardín, fuera del tamaño que fuera, se había mudado una familia de leones buscando el desayuno. Normalmente los habitantes de las casas terminaban siendo devorados.

Huesos más grandes que los de perros y ratas empezaron a ensuciar las calles, muchos con jirones de carne aún pegados. En poco tiempo, enjambres de moscas panteoneras se volvieron parte del paisaje urbano.

Empezaron a correr rumores: que si atacaban en manadas, que si eran inteligentes, que si se estaban adueñando de la ciudad, que si no había manera de controlarlos. Las autoridades desmintieron todos, llamaron alarmistas a los medios y pidieron a la opinión pública tolerancia hacia sus nuevos vecinos.

Hasta que un día apareció el cadáver de un niño.

Amaneció, como si nada, en el centro del Zócalo, a los pies del astabandera. Esta vez, el gobierno de la ciudad no pudo desmentir nada porque las cámaras de los noticieros llegaron antes. Era una provocación oficial.

Sentimos miedo.

Los asesores del jefe de gobierno decidieron que si quería tener oportunidades de reposar el trasero en la silla presidencial, tendría que declarar una guerra sin tregua a los leones. Y así lo hizo.

Pero ya era tarde. No hubo programa emergente con que pudiera enfrentarse la plaga. Bomberos, policía y ejército poco lograron contra los miles de felinos que vivían en las calles.

Un día un león llegó hasta el centro del Zócalo y escupió con desprecio los restos de una cabeza. El cráneo resultó pertenecer al jefe de gobierno de la ciudad. Lo habían atacado en manada durante un acto oficial en la Alameda Central. Los leones habían tenido el cuidado de dejarla apenas reconocible. Sólo lo suficiente.

Después el león rugió, como proclamando su triunfo.

No necesitaba hacerlo, para entonces ya eran los dueños de las calles, de los parques, de los jardines, de todo.

Cada día son más y nosotros menos. Hemos tenido que refugiarnos en las sombras, mientras ellos duermen, ahora que han regresado al horario diurno. Nos escondemos en las sombras, buscamos robar algo de sus desperdicios para comer.

A veces los leones organizan cacerías en grupo para eliminarnos. Su olfato los guía hasta nuestros refugios. A veces logramos burlarlos, pero no siempre.

Pero donde cazan un hombre, aparece otro. Una vez que atrapan a éste, aparece otro más.

Hemos decidido recuperar nuestra ciudad, aunque sea de esta manera.

Ahora nosotros somos su plaga.

EPÍLOGO

El ÁNGEL DEL SEÑOR DESCENDIÓ UN VIERNES DE la gran masa gris de las alturas de la ciudad de México, envuelto en fuego y acompañado por el ruido ensordecedor de las trompetas celestiales. Pero su llegada fue opacada por un atentado dinamitero en una estación del metro que arrojó 39 muertos y dejó un número de heridos aún no precisado por las autoridades. El Comando Pro Dignidad de la Familia Cristiana (Coprodfac) se hizo responsable del hecho, como una protesta por la excesiva violencia transmitida por los medios.

La misión del emisario celestial era anunciar la llegada de la Nueva Era, el fin del mundo como lo conocemos y el advenimiento del nuevo esplendor. A cada megaciudad (Los Ángeles, Río de Janeiro, Yakarta, Nueva York, Nueva Delhi, Seúl) se le había asignado un heraldo para propagar la noticia. Las ciudades pequeñas podían verlo en las noticias.

El Ángel, sistemático como buena criatura divina, decidió empezar su labor en el corazón de la ciudad. Así, se colocó al pie del astabandera que adorna el centro geométrico del Zócalo. La plaza estaba ocupada por varios campamentos de diferentes grupos protestando por sus respectivas causas. Indígenas marginados, campesinos sin tierra, choferes de taxi sin taxis. Cantidad suficiente de personas para comenzar a extender el mensaje divino.

Y cuando comenzaba a predicar la Palabra del Señor, una marcha de quince mil vendedores ambulantes intentó tomar violentamente las oficinas del gobierno de la ciudad. Al ser repelido del edificio, el contingente decidió ocupar la Plaza Mayor. El cuerpo de granaderos de la policía actuó de inmediato, disolviendo la manifestación con tanquetas equipadas con mangueras a presión. El Ángel salió empapado de la trifulca, su ensortijada cabellera rubia convertida en una masa de pelos y agua.

Pensó entonces en atraer la atención de los hombres durante un acto en el que la masa concentrara su atención en un mismo lugar. Así, esperó al domingo y descendió, batiendo majestuoso sus alas, en medio del campo de futbol durante el encuentro entre las Águilas del América y los Rayos del Necaxa. Una lluvia de objetos de la más diversa naturaleza, desde botellas de vidrio hasta tuercas, pasando por piedras y escupitajos, bañó al Ángel antes de que acabara de decir la segunda palabra de su discurso.

Creyó que empezar a una escala menor sería lo más conveniente. Escogió una calle al azar y emprendió de nuevo su encomienda.

Se acercó sonriente al primer hombre que vio, un sujeto cabizbajo con pinta de burócrata, para iluminarlo con la esperanza de la Nueva Era. El tipo, al ver al ser alado, levantó los hombros y continuó indiferente su camino.

Enseguida intentó abordar a una gorda que llevaba una revista de chismes bajo el brazo, pero la mujer evitó su contacto y lo llamó degenerado.

Un grupo de niños de la calle, al verlo venir, se dispersó, y quedó sólo un infante de ocho años que sin rodeos indicó al ángel que una sesión de sexo oral le costaría ciento cincuenta pesos, y de sexo anal, trescientos. Ante la negativa del mensajero divino, el infante le preguntó si no le sobraba un cigarro.

Y así se sucedieron, sin éxito, un vendedor de enciclopedias, un comunista trasnochado, una enfermera histérica, un cantante de cantina, varias estudiantes de una academia de computación, un borracho y un sacerdote escéptico que llamó pendejo al ángel y escupió.

A la noche siguiente pensó en llevar su mensaje de esperanza a las prostitutas. ¿Acaso no el Señor había mostrado predilección por predicar entre la escoria?

Llegó hasta una transitada calle de la zona de tolerancia, buscó a la más joven y se acercó a ella. Durante tres minutos le habló sobre el amor divino, que pronto descendería sobre los más desprotegidos. Ella lo interrumpió para decirle que cobraba cuatrocientos pesos más el precio del cuarto de hotel. Que lo tomara o se fuera a molestar a otro lado, porque ella estaba trabajando.

Cuando el Ángel insistió, ella llamó a su proxeneta, y antes de que el ser divino pudiera darse cuenta, alguien lo golpeó en la nuca, haciéndolo perder el sentido.

Muchas horas después, cuando amanecía, el emisario de los cielos despertó entumecido por la golpiza al borde de una banqueta. Un perro le lamía la cara. Le habían robado las sandalias.

Se incorporó y caminó varias cuadras dando tumbos. Las personas que se cruzaban con él se atravesaban al otro lado de la calle. Varias veces cayó inconsciente, para despertar sin saber cuánto tiempo había estado tumbado en el suelo. En una de ésas descubrió que alguien lo había orinado. Esa noche fue más fría que las anteriores, y el Ángel, que no por ser divino sentía menos frío, buscó refugio en un callejón. Ya había dormido en una de las torres de la Catedral, pero pronto descubrió que el lugar era húmedo y maloliente. Al menos en el callejón había una reja de la que escapaba vapor constantemente.

El emisario que días antes había descendido de los cielos ahora vestía una túnica rasgada, tenía moretones por todo el cuerpo, la barba crecida y ojeras bajo los ojos vidriosos. Ya no sonreía.

El sitio era un refugio de vagabundos y niños sin hogar. Un lugar perfecto para esparcir la palabra del Señor, en medio de los parias. El emisario les habló del esplendor que se avecinaba y de la era de las maravillas que la humanidad estaba a punto de presenciar. A manera de respuesta uno de los niños le dio una estopa llena de solvente, y con gestos le indicó que inhalara. Cansado, harto, frustrado, y por ver qué se sentía, el Ángel la llevó hasta su nariz y aspiró con fuerza.

Al principio sintió como si un par de clavos de seis pulgadas se deslizaran por sus fosas nasales. Pero después lo disfrutó.

POST-SCRIPTUM

"¿POR QUÉ / CÓMO EMPEZASTE A ESCRIBIR?" ES una pregunta con la que me encuentro constantemente. La historia es así: comencé haciendo cómics, concretamente guiones para otros dibujantes, ya que pensaba que mi dibujo era muy caricaturesco para contar historias *serias*. Con el tiempo, me di cuenta de que (a) aquellos dibujantes tardaban demasiado en hacer mis guiones y que (b) mi dibujo servía para contar cualquier historia que me propusiera.

Fue la modesta puerta del guionismo de cómic por la que entré a la narrativa; lo hice de la manera más contracultural que se podía en los años noventa: escribiendo ciencia ficción.

Animado por la complicidad con Pepe Rojo, mi amigo y gurú personal, me inicié escribiendo cuento fantástico. Por aquellos años ambos, junto con Joselo Rangel autoeditamos varios números de un fanzine llamado *SUB: subgéneros de subliteratura subterránea*. No nos fue mal, ahí comenzamos a publicar los tres al lado de varios amigos que después harían carrera literaria: Alberto Chimal, Gerardo Sifuentes, Gerardo Porcayo, José Luis Zárate y varios más.

Así que durante esos alegres tiempos de nerdez y contracultura escribí más de setenta cuentos,* siguiendo los consejos de Ray Bradbury en *Zen en el arte de escribir*, donde dice algo así como "escribe mucho, un cuento a la semana; en medio de la cantidad comenzará a asomar la calidad".

Producto de aquellos afanes fueron mis dos primeros libros de cuentos, *¡¡Bzzzzzzt!! Ciudad Interfase* (Times Editores) y *El llanto de los niños muertos* (Fondo Editorial Tierra Adentro), ambos agotados e inconseguibles hoy en día.

Durante mucho tiempo fui cuentista de literatura fantástica. Alguna vez, el exmarido de una examiga, que se decía escritor, me mandó decir con ella que cómo estábamos en el sótano. "¿A qué se refiere?", pregunté. "Sí, dice mi esposo que la ciencia ficción es el sótano de la literatura mexicana." Mmm. Bueno, quince años después aquel hombre permanece en el anonimato y yo… Yo sigo aquí.

Quise probar suerte escribiendo una novela. Acostumbrado al cuento, fui incapaz de hacer algo muy extenso. *Gel azul*, historia cyberpunk situada en una ciudad de México futura, fue rechazada por todas las editoriales comerciales grandes de este país. Por todas. Quizá justo por ser rara y breve.**

Ello no me desanimó. Poco tiempo después entré a un concurso de novela policiaca. "Todo viene de Edgar Allan Poe", pensé. Varios de los escritores fundacionales de ambos géneros han brincado de un lado al otro. Así es como escribí

---

* La mayoría de ellos, juvenilia sin valor, permanecieron felizmente inéditos.

** Finalmente se publicó en España, acompañada por otra novela breve, *El estruendo del silencio*; al año siguiente de su publicación ganó el Premio Ignotus de la Asociación Española de Fantasía, Ciencia Ficción y Terror (AEFCFT). Tiempo después se editó en México.

Tiempo de alacranes, que tuvo tan buena fortuna que ganó el premio Otra Vuelta de Tuerca en 2005 y luego el Premio Memorial Silverio Cañadas a mejor primera novela policiaca de la Semana Negra de Gijón, en España.

Toda esta hipérbole para contar que a partir de ese momento me concentré en escribir novelas. Gráficas y no gráficas. He sido muy afortunado, me ha ido bien.

Pero, ¡ay!, como bien dice el tío Stephen King, el oficio de escribir cuentos se olvida si no se practica. Lo confieso, la vena cuentística se me ha atrofiado bastante.

Por ello celebro la aparición de este volumen, una especie de *best of* de mi narrativa breve. Debo agradecer muy especialmente a mi editor, Pablo Martínez Lozada, quien leyó, comentó y seleccionó el material que se reúne aquí. Su ojo crítico pudo separar la manteca de la mantequilla y el sebo.

Quise agregar unas notas finales para cada uno de los cuentos reunidos. Pequeños datos de trivia que rendondeen un poco la experiencia de lectura. Desde luego, son material adicional, algo así como las *características especiales* de aquella especie en extinción llamada DVD, y son de la misma manera prescindibles para el lector apresurado.

Sin más trámite…

"Siete escenarios para el fin del mundo y un final final" fue escrito originalmente para *SUB*. Después se reimprimió en la legendaria revista *Complot Internacional*, bajo la dirección editorial de Norma Lazo, con unas ilustraciones magníficas del Dr. Alderete. Es un texto impregnado del tono finimilenarista/apocalíptico de los tardíos años noventa. Me parece una buena pieza para abrir fuego. Fue idea de Pablo titular este libro a partir de este texto. Yo proponía recuperar el título de *El llanto de los niños muertos*, pero más sabe el diablo por editor que por diablo. Por cierto, lo del "final final" es una alusión a Raúl Astor. Los veteranos sabrán de qué hablo.

"Las últimas horas de los últimos días" también se publicó originalmente en *SUB* antes de que terminara el siglo xx (¡gulp!). Fue escrito al calor de un rompimiento amoroso, y en ese momento quise experimentar con una voz femenina en primera persona. Años después, Rudy Rucker publicó una versión en inglés en el número 11 de su webzine *flurb. net*, y muy recientemente se compiló en el cuarto volumen de la antología internacional *The Apex Book of World SF*.

La nota curiosa: cuando se lo mandé a Rudy le gustó mucho, pero me dijo que le parecía que había leído demasiados cuentos sobre el fin del mundo y me pidió que le agregara algo para la versión en inglés. De modo que aquello que lo hacía peculiar en México lo volvía un lugar común en Estados Unidos. Así fue como la versión anglosajona tiene un final ligeramente distinto en el que... No, mejor léanla.

"Están entre nosotros" es un homenaje a los investigadores escépticos, siempre enfrentados a charlatanes y *ovnílatras*. Fue escrito para una antología que presuntamente se titularía *Conspiranoia* y que no se publicó. ¿Ya dije que está dedicado a mi amigo Héctor Chavarría, pionero de la ciencia ficción nacional?

"Cero tolerancia" fue escrito para otra antología similar, en este caso un ejercicio prospectivo sobre lo que sucedería si la ultraderecha ganaba las elecciones presidenciales del año 2000. El proyecto corrió la misma suerte y permaneció inédito. Tiene para mí el encanto de haber sido el único cuento en el que predije el futuro, al hablar del presidente Fox, en aquel tiempo gobernador del estado de Guanajuato.

Las cosas no sucedieron como en el cuento. Creo que fueron mucho peores.

De haber sido músico, "Wonderama" habría sido mi primer sencillo exitoso. Se publicó tanto en *SUB* como en *Complot*. Parte de la idea de que el mundo utópico de los comerciales de la televisión mexicana de los setenta se hubiera convertido en realidad. Bastante tenebroso. Fue un cuento bastante popular y luego cayó en el olvido. Aquí se recupera por primera vez en quince años. El dato trivial: un amigo mío, fan de *Star Wars*, me llamó indignado para decirme que había un error garrafal en el texto, que su película favorita no se había estrenado ese año. "Sigue leyendo", repliqué. Nunca lo terminó.

"La sangre derramada por nuestros héroes" fue escrito a cuatro manos con mi amigo Gerardo Sifuentes. Partió de una idea propia de los periódicos sensacionalistas al estilo del *Semanario de lo Insólito* y fue tomando forma en un ping pong de correos electrónicos en el que logramos fundir ambas voces en una sola. Nazis, gorilas, guerra bacteriológica y Brasil, ¿qué más se puede pedir? Desde hace años Gerardo y yo tenemos una novela inconclusa retrofuturista situada en la ciudad de México de los años cincuenta. Algún día la terminaremos,

Escribí "La bestia ha muerto" para otra antología que tampoco se publicó. Ya se podría llenar un estante de la biblioteca del *Sandman* de Neil Gaiman con todos esos proyectos fallidos de la ciencia ficción nacional. En este caso se trataba de una antología *steampunk*, subgénero que plantea historias situadas en la era victoriana, involucrando personajes ficticios y/o reales del periodo, con tecnología a base de engranes y motores de vapor (de ahí el nombre).

En las escuelas de los hermanos maristas nos enseñaban la historia al revés: Juárez era un tirano y Maximiliano un mártir. Quise corregir tal aberración con este cuento, poniendo a cada quien en su lugar en este retrofuturo. Paco Ignacio Taibo II me dijo que la historia daba como para hacer una novela. Me gustaría mucho. Fue el primer cuento *steampunk* publicado en México.

"Las entrañas elásticas del conquistador" es un título que soñé. Lo guardé en el cajón de las cosas inútiles que me encuentro y que me pueden servir después. Cuando escribí esta *space opera*, otro subgénero bastante escaso en la ciencia ficción nacional, lo recuperé. Sólo para los clavados: está situado en el universo Humacorp, donde también transcurren otras historias como mi novela *Gel azul*.

"Carne y metal" es el texto más reciente de la compilación. Hace mucho tiempo uno de mis amigos me dijo que tenía ganas de escribir un cuento infantil sobre niños que viven en gravedad cero. No lo hizo e imagino que olvidó la idea, pero a mí se me incrustó como uña enterrada y no me dejó en paz hasta que estuvo escrita quince años después. Se publicó en *Tierra Adentro* y, desde luego, es un homenaje al universo de los Shapers y Mechanists de mi amigo Bruce Sterling.

Con la agudeza que siempre lo caracterizó, el expresidente Vicente Fox alguna vez dijo que los mexicanos en Estados Unidos hacen los trabajos que ni los negros quieren hacer. ¿Qué pasará cuando el primer mundo migre a otros planetas y haya trabajos que ni los robots quieran hacer? Ése fue el disparador de "Bajo un cielo ajeno". Quizá de todos los cuentos reunidos en este volumen sea el que mejor lidia con el principio motor de la ciencia ficción escrita en países periféricos: "no generamos la tecnología pero la padecemos", como dijo Mauricio-José Schwarz.

Parafraseando a mi admirado José Luis Zárate, no escribo minificciones y tengo cuentos brevísimos para demostrarlo. Es el caso de "Crononáuticas." Mi hermano Alfredo Fernández lo adaptó a cortometraje, con lo que ganó el Premio MECyF de cortometraje de ciencia ficción en 1998. Como Alfredo estaba de vacaciones, yo recibí el premio en su nombre, de manos de Cuauhtémoc Cárdenas.

"La virgen ahogada conoce al monstruo de Frankenstein" es la pieza más personal de este libro. Escrito para exorcizar la trágica muerte de mi amiga Ixchel Chavarría hace quince años, se lo mostré al que era su novio en aquel entonces, y me dejó de hablar. A pesar de ello, *casi* es mi cuento favorito de este volumen. Se trata de un homenaje a los extravagantes cuentos de Joe R. Lansdale y a mi monstruo favorito de la literatura.

Mi cuento favorito –no se lo digan a los demás, que son creaturas muy sensibles– es "El llanto de los niños muertos". Escrito para el concurso Creaturas de la Noche, convocado por el estado de Coahuila, apenas ganó una mención. En él pude mezclar las estéticas de Juan Rulfo con el Alan Moore del periodo de *Swamp Thing*. No me considero un escritor de horror, y por ello esta pieza resalta contra el resto de mis historias. El dato inútil: al escribirlo pensaba en las imágenes de Luis Fernando, mi colega historietista.

"Leones" también se tradujo al inglés y fue publicado en la antología *Three Messages and a Warning*, de Chris N. Brown y Eduardo Jiménez Mayo, la primera que se hace sobre literatura de la imaginación mexicana en Estados Unidos. Se me ocurrió hace mucho, mientras veía en la tele un documental sobre leones al mismo tiempo que leía una entrevista a la entomóloga Anita Hoffmann sobre la proliferación de cucarachas en la ciudad de México. "Mmm, ¿qué pasaría si hubiera una plaga de leones…?" ¡Bum! Ahí había una historia. Por cierto, hace dieciséis años que no tengo televisión. Eso dará una idea de la antigüedad del cuento.

"El advenimiento del nuevo esplendor" lo escribí siendo muy joven. Lo publiqué en mi primera compilación de cuentos y luego lo olvidé. Mi editor lo rescató de ese limbo y vio en él la fuerza como para cerrar este volumen. Me gusta que sea así.

Sólo me resta agradecer de nuevo a Pablo Martínez Lozada por su trabajo más allá de la obligación con estos textos y su paciencia con mi caos desbordado, a mis agentes Bárbara Graham y Guillermo Schavelzon, al estudio Éramos tantos por vestir este libro con una magnífica portada y muy especialmente a Pepe Rojo y Joselo Rangel, con quienes articulé los primeros balbuceos que casi dos décadas después se convirtieron en esta colección de historias. Todos ellos contribuyeron enormemente a que este libro exista.

ÍNDICE

OCEANO exprés

Esta obra se imprimió y encuadernó
en el mes de mayo de 2018,
en los talleres de Impregráfica Digital, S.A. de C.V.,
Calle España 385, Col. San Nicolás Tolentino,
C.P. 09850, Iztapalapa, Ciudad de México.